VIRGILE & BLOOM

www.actes-sud-junior.fr

Éditeur : François Martin assisté de Kathy Mayou
Directeur de création : Kamy Pakdel
Maquette intérieure : Bärbel Müllbacher

ISBN 978-2-330-15341-0
Loi 49-956 du 16 juillet 1949 sur les publications destinées à la jeunesse.

VIRGILE & BLOOM

JOANNE RICHOUX

ACTES SUD junior

"Et nous chantons dans un abri nucléaire :
Hourra, ce monde est en train de s'effondrer."
Henning May, *Hurra die Welt geht unter*

"Est-ce qu'il y a du sang dans mes cheveux ?"
Eric Northman, *True Blood*

"Je te vois partout.
Un petit quelque chose qui me rappelle Toi
et mon cœur se met à battre n'importe comment.
C'est n'importe quoi."
Claudine Desmarteau, *T'arracher*

1

Talking Heads, *Psycho Killer*

Je lace mes Doc Martens.

Quand on était petites, Élise a essayé de m'apprendre son astuce où elle coule une jolie boucle sous la première : on serre du bout des ongles, on obtient un nœud impeccable. Perso, je préfère bidouiller deux boucles pas terribles et les attacher ensemble. Ma grande sœur est une conne de toute façon. Je bloque sur les motifs de mes pompes. Des lys rouges et leurs feuilles vertes. Elles semblent se déformer, grossir, rapetisser. C'est parce que mes pieds frappent la moquette. Répétitif. Dès que je m'en rends compte je lisse ma frange entre deux doigts.

Un tic nerveux, ça se remplace par un tic nerveux.

Je me lève.

Glisser mon sac sur mon épaule, réajuster mon slim, zipper mon perfecto et claquer la porte. Celle de ma chambre, celle de l'appart ensuite. Ça ne prend que trente secondes. Élise braille derrière moi mais j'ai déjà mes écouteurs dans les oreilles. *Psycho Killer* des Talking Heads.

En prime je m'en tape de ce que braille Élise.

Dehors l'air est glacé.

Il écrase sur mes joues un parfum d'asphalte et de givre. Des nuages flous croquent le ciel en diagonale. Traînées métalliques sur fond indigo, c'est gracieux. Avec la lune qui caresse les portails, les maisons, les jardins, les voitures. Pas d'étoiles en revanche, merci la pollution urbaine. Bref. Le chemin pour aller chez lui, je le connais par cœur. Dès le premier soir j'ai trouvé l'adresse. Sans erreur ni détour. Pourtant l'idée de se faire assassiner par un serial killer, ça peut aider à se gourer de quartier. C'est une potentialité sérieuse dès lors qu'on rencontre les gens *via Le Bon Coin*. Au milieu de l'été j'ai rédigé mon annonce.

Jeune fille de 19 ans cherche cours de violoncelle
dans la région.
Weirdos ou dragueurs s'abstenir.

Évidemment, les seuls à m'avoir répondu ont été les weirdos ou les dragueurs. Alors j'ai pris la question à l'envers et consulté les annonces proposant des cours. J'ai découvert des hippies chelous, des diplômés d'État, des étudiants au Conservatoire qui vantaient leur "méthode sans solfège". Des gens qui se déplaçaient, d'autres non.

Puis ce type.

Cours de violoncelle chez moi, le soir uniquement.
Précision : je ne serai pas motivé pour deux.
Virgile.

J'aime assez les gens directs. J'ai tendance à les supposer réglos.

Bien sûr, ça aurait pu être un perché. Ou un cannibale. J'avais énuméré les centaines de manières de mourir que je bravais en me pointant chez lui, comme ça. C'était en septembre. Un des premiers couchers de soleil hâtifs, qui punaisent sur l'écharpe des feuilles mortes et une lueur orange. Cette conviction que maintenant, il ferait froid. Virgile m'avait ouvert la porte en soupirant. Ni un perché ni un cannibale. Juste un type et sa vingtaine maussade. Bon prof, pas bavard. Peu à peu le violoncelle s'est intercalé dans mon agenda. Virgile s'est intercalé dans mon agenda. Entre sécher les amphis, lire à la bibliothèque et écumer les happy hours. Ça fait deux mois qu'il me donne des cours, le jeudi. Deux mois que je cogite.

Ce soir il faut que je l'affronte.

Y a pas trente-six moyens de procéder. J'ai commencé à avoir des doutes très vite. À chaque fois ça concernait des broutilles. Elles gonflent depuis des semaines et des semaines. Empilées, elles se mettent à peser lourd. Le problème c'est que… ma théorie est débile.

Donc je n'ai pas le choix.

Je vais lui parler clair et ferme. Droit au but. J'ai préparé mes arguments. *Tu vis la nuit. T'habites dans un trou glauque. Je ne t'ai jamais vu avaler quoi que ce soit.* Ouais, ça se tient. Ça se tient non ? Je vais passer pour une malade. Tant pis, au moins je serai fixée. L'incertitude ronge de l'intérieur, surtout si on a l'impression de vriller.

Quelques mètres, je tourne au bout de la rue et j'y suis presque.

Mes Doc accélèrent. Ou le mouvement émerge du ventre. Je ne sais pas. Tout ce que je sais en cet instant c'est mon rythme cardiaque. Il me soulève les côtes.

J'aperçois la maison. Une vieille baraque. Je ne saurais pas la dater : je ne bosse pas en agence immobilière. Disons qu'elle a dû assister à la construction de chacun des pavillons qui l'entourent. J'observe les briques crème, irrégulières. Il y a cette toiture couleur encre, les marches en béton qui grimpent vers la porte d'entrée.

Assis dessus, Virgile.

Pendant les dix secondes où il va feindre de ne pas me remarquer, je le détaille. Je traque. Une preuve, s'il te plaît, une infime preuve que j'ai tort. Que le folklore se trompe.

À première vue c'est un mec banal.

Cheveux châtains vaguement bouclés, nez en trompette, sweat noir, jean loose, bottines usées, cernes dessinés au charbon. En traits plus spécifiques il y a la couleur de ses yeux. Celle de l'eau quand il fait sombre. Pas bleue, pas noire ; humide et profonde. Après il y a son corps. Certaines personnes ont le physique mou. Pas Virgile. Il est pointu. On dirait que quelqu'un a assemblé des trucs d'humains – des muscles, des tendons, des os, des dents – et recouvert le tout d'une peau fébrile, fine, qui épouse les veines de trop près.

– T'es en retard.

Ses syllabes chassent la fumée qui monte de sa tasse. Il hume son café, joue avec l'anse, dévisage la mousse. Et il finit par le poser sans en avoir bu une goutte.

– Tu me fais pas entrer ?

– Tes jambes vont s'en charger.

Ses lèvres ont à peine remué. Elles sont pulpeuses, d'un rose orangé, celle du haut plus épaisse que celle du bas. Sa bouche ne fait même pas exprès de bouder.

– J'ai capté, Virgile, t'es de mauvaise humeur. Je te cache pas que ça me déstabilise. T'es mon rayon de soleil d'habitude.

Il soupire, se dirige vers la porte. Je lui emboîte le pas en contournant son café abandonné sur les marches. À proximité de la tasse, une multitude de cercles bruns, collants à cause du sucre. En franchissant le seuil je croise les bras sur la poitrine. Un réflexe qui me rassure. Sans compter qu'il fait environ 4 °C dans cette baraque. Le couloir résonne de nos chaussures. Immédiatement, une odeur de livres m'envahit la gorge. Par centaines ils sont rangés sur les étagères. De vieux machins précieux, avec les reliures en cuir et les moisissures.

Tiens, énième point de mon argumentaire.

On arrive dans le salon.

Les volets sont fermés, les rideaux tirés sur les fenêtres. La pièce est relativement vide. Deux canapés anciens qui se font face, une table basse dont les pieds abîment le tapis. Virgile se laisse chuter sur le canapé de droite. Son violoncelle est posé contre le mur, à côté de la cheminée. Autour, les objets sont figés, dans le coma depuis qu'on les a oubliés là.

Ce décor va mal avec son âge.

C'est la réflexion que je me suis faite le soir de notre rencontre.

Ça et qu'il était plutôt sexy – ne nous égarons pas.

Normalement il va se frotter le visage, tendre le bras pour attraper son violoncelle. Moi je vais m'armer de celui en travers du canapé de gauche. On va débuter le cours. Je serai déconcentrée, la faute à ses mains sur les cordes. Pizzicato, c'est le terme. Quand le musicien ne se sert pas de l'archet mais de ses doigts.

Aujourd'hui la technique me plane au-dessus de la tête.

Je m'entends murmurer :

– Virgile, est-ce que t'es un foutu vampire ?

La phrase se cogne contre le mobilier, dérange des monticules de poussière.

J'espère son rire. Ou une grimace.

Virgile reste immobile. Soupire. Encore. Au début je le prenais pour moi. Je devais le soûler. Puis j'ai mis ça sur le compte de la dépression. Il en affiche les symptômes cliniques : tristesse, pessimisme, lenteur. Maintenant je crois qu'il fait la tronche parce qu'il est mort.

– Bloom…

Chouette, une diversion mentale : l'anecdote emplie de nostalgie qui justifierait ce surnom. Ma mère aurait pu me le donner, allusion au printemps, ou à un garçon, l'amoureux offrant des bouquets. Ou bien on me surnomme Bloom vu que mon parfum s'appelle ainsi – une création de Gucci qui sent l'orange, les fleurs blanches et la vanille. La vérité c'est que je ne me souviens plus d'où ça vient. À force, ça a effacé mon prénom. Fin de l'histoire.

– Bloom, qu'est-ce que tu veux que je te dise ?

Silence.

Dans les séries c'est le moment où éclate un événement inattendu. Des sirènes de police, une alerte sismique, ce coup de fil crucial, un incendie chez les voisins… Ici que dalle. J'ignore combien de battements par minute on peut supporter avant de tomber dans les pommes.

– Tu pourrais nier.

– Ça servirait à quoi ?

– OK. Tu ne nies pas ?

– Non.

Je pose les mains sur les hanches, sourcils arqués. Une posture de fille victorieuse. Je n'ai rien gagné du tout. Au contraire.

– Tu me demandes pas comment j'ai su ?

– T'es pas idiote. Voilà comment t'as su.

Sa voix vibre dans mon estomac. Elle est aussi grave et cendreuse que la maison. Un mardi, j'ai reçu un message vocal de lui. *On annule le cours cette semaine.* Même à travers le téléphone ça m'a flanqué la chair de poule. Sa voix, faudrait en faire des bougies parfumées.

– On se côtoie régulièrement. Tu ne m'as jamais attaquée. Pourquoi ?

– T'es déçue ?

Je l'insulte du regard.

– J'en ai marre de tuer.

Virgile a les paumes à plat sur les cuisses. Ses yeux débordent une seconde, ses paupières se plissent, ça lui tord les cernes. Il a des mimiques intéressantes. Et puis c'est une question de longueur de cils. Très longs pour un garçon.

Bémol : son animal totem est la chauve-souris.

– Qui est au courant ?

– Personne. Ça fait presque un siècle.

– Tu as… 100 ans ?

– Crois-moi, tu ne veux pas connaître mon âge.

– Balance.

– Sûre ?

– Sûre.

– J'ai 283 ans.

La couleur de son iris me file la nausée.

– Ça va Bloom ?

– Ouais, c'est… une sacrée info à encaisser.

– T'as pas à encaisser. Tu peux t'en aller si tu veux.

– Non.

Une onde frémit sur ses lèvres, qui ressemble à un sourire.

J'ajoute :

– On est amis. Ça ne change pas, quoi. T'as le droit d'être qui tu es.

– On n'est pas amis, je te donne des cours de violoncelle.

Au ralenti, il s'enfonce dans le canapé et s'ébouriffe les cheveux. Depuis que je suis entrée je suis debout. Mes mollets se rappellent à moi, élastiques. Je dois me raccrocher, à n'importe quoi, sinon je vais m'effondrer. Pourtant son aveu me soulage. Primo je ne suis pas folle. Secundo ça me plaît, cette perspective du surnaturel. Savoir qu'il existe davantage.

– T'as des potes ? Des semblables ?

– De mauvaises fréquentations. En 1941, j'ai décidé de traîner solo.

– C'est pour ça.

– C'est pour ça quoi ?

– Ton humeur de chiotte.

– Merci.

Il retire son sweat ; apparition d'une bande de peau au niveau du ventre. Fugace, ça suffit à me brûler les pommettes. Son t-shirt est beige, plein de plis. Trop large sur le corps pointu.

– T'es malpolie, Bloom, mais t'as raison. L'isolement dévaste. Ne plus échanger, ne plus sortir de soi. Les idées tournent… Elles sont rarement lumineuses.

J'acquiesce, surprise. C'est la première fois qu'il se confie. Qu'il aligne plus de quinze mots.

– T'as pas eu la tentation de contacter des comme toi ? Des qui ne seraient pas de "mauvaises fréquentations" ?

– Si. J'avais entendu parler d'une communauté en Bretagne.

– Une communauté ? Genre… une secte de vampires ?

– Genre, ouais.

– Explique.

– Au XIXe siècle, ils ont construit une base sous la forêt de Brocéliande. Y a pas que des vampires là-bas. Y a toutes sortes de créatures.

Il me toise, mâchoires contractées, à la recherche d'une faille. Pas moyen : je suis une fille cool, et ouverte, et pas douillette. *Y a toutes sortes de créatures.* La vache. Putain. J'assimilais péniblement l'hypothèse du vampire… Dans mes orteils grouillent des fourmis.

Faudrait que je me sauve.

En sécurité avec Élise, au creux de notre appart minable. Retour à ma chambre, aux journées larvaires, aux nuits dépouillées de rêves. Ma vie est inutile à tout le monde. Moi comprise. *Lorsqu'on n'a rien, on n'a rien à perdre.* Nickel, on part sur une citation de *Titanic*. Ma pierre tombale révélera que j'ai tout risqué à cause de Jack Dawson.

– Virgile, est-ce que je dois avoir peur de toi ?

– Je t'ai répondu. Non.

– Tu kifferais d'y aller ? À Brocéliande ?

– Bof. Plus on voyage moins on a de choses à voir. À bientôt 300 ans, j'ai pas mal bougé déjà.

– Ça vaut mieux que de zoner ici à gâcher du café. Tu pourrais essayer ?

Il hausse les épaules.

– Allez, sérieux ! Moi quand ça va pas, quand je voudrais me diluer dans mon lit, je me force. Je sors, je marche, je planifie des trucs. Je prends des cours de violoncelle.

Il se met debout ; je me sens stupide.

Virgile est plus grand que moi. Dans tous les sens du terme. Vingt-trois centimètres de différence, vingt-six décennies. J'ai l'impression qu'il me voit nue, parce qu'il a un sourire en coin et les ailes du nez qui frisent. Ce n'est pas érotique. Juste, il doit me trouver "gentille". Une pulsion me commande de lui loger ma Doc dans l'entrejambe.

À la place j'enchaîne :

– C'est comment ?

– Être mort ?

– Être un vampire.

– Pareil que toi, je reste un tas de viande. Les sens plus aiguisés en revanche.

– T'as des pouvoirs ?

– Ouais…

Souvent, il prend son temps entre les virgules.

– … je suis télépathe.

C'est inévitable, je songe à son entrejambe, aux longs cils.

Lui s'approche en chaloupant, un pas après l'autre, les poings dans le dos. *Lalalalalala*, bruit de fond pour masquer mes pensées. Sa langue appuie contre sa joue. Petite boule d'arrogance. Qu'est-ce qu'il veut ? *Lalalalalala*, ne pas réfléchir. Il s'arrête très près. M'effleure le menton, pulpe de l'index. Qu'est-ce qu'il fait ? Qu'est-ce que je veux qu'il fasse ? *Lalalalalala*, ne pas envisager la jonction éventuelle des bouches. Sa main retombe dans son dos, il s'éloigne.

– Je plaisante. Je suis un vampire, Bloom, pas un personnage de BD.

Ordure, ordure, ordure.

– Bon, rendez-vous demain ?

Il se fige dans son élan, trace un quart de tour.

– Pardon ?

– Demain, je viens te récupérer ici. Et on se casse direction Brocéliande.

Son t-shirt lui lèche les omoplates. Les plis ondulent, se brisent à la lisière du jean. Je retiens mon souffle, le salon retient son souffle, Virgile… ne respire probablement pas.

– Au fait, tu respires ?

– Hein ?

– Est-ce que tu respires ?

– Je peux. Dans le but de sentir les odeurs, fumer ou parler. Mais c'est pas nécessaire.

– Hmm. Cool.

– Je le fais quand t'es là. Respirer. J'adore ton parfum. Et OK pour Brocéliande.

– T'as dit quoi ?

– OK pour Brocéliande.

2

Dream Wife, *F.U.U.*

– T'es pas en cours ?

Les cordes vocales d'Élise ont l'air enduites de vinaigre.

– Si. Tu t'adresses à mon hologramme.

Elle pose les reins contre le montant de la porte, ensuite les vertèbres, gestuelle molle et poussive, puis elle épie mon reflet dans le miroir. Je ne me laisse pas intimider. J'attrape mon mascara sur le rebord du lavabo, je m'en badigeonne les cils. Histoire de me maquiller tranquille, j'ai relevé ma frange avec une barrette en plastique rose. Élise vient invariablement m'emmerder lorsque je suis en situation de handicap physique. Coiffure pourrie, sous-vêtements dépareillés, dentifrice à ras les incisives. Le mieux c'est quand je me suis étalé du lait d'avoine sur la peau, ou un masque à l'argile. Aujourd'hui il n'y a que la barrette. Une chance.

– C'est quoi cette culotte à froufrous ? T'as un rencard ?

– T'occupe.

Elle pouffe ; je tache ma paupière avec la brosse du mascara.

– Tu vas rater ton semestre si tu ne t'amènes jamais en amphi.

Je pourrais lui balancer : *T'es pas maman.*

Ce serait moche. En plus je n'ai pas envie d'y penser. On n'a personne, elle et moi. Un père qui s'est évaporé avant même que les ennuis commencent, une mère qui… On a été confrontées trop tôt à l'arnaque des "adultes responsables". Ça n'existe pas. Les grandes personnes sont des gosses qui font ce qu'ils peuvent – pas énorme.

– Ça te plaît toujours les études de psycho ?

– Ouais.

Sans mentir, je trouve ça fascinant. Les diagnostics, les neurosciences, les statistiques – tout à l'exception de Freud le misogyne, en fait. Je m'intéresse aussi à la photo. Aux tatouages. À la meilleure façon de renoncer au tabac. Pourtant je ne veux devenir ni photographe ni tatoueuse et j'ai un paquet de cigarettes dans le tiroir de ma table de chevet.

– Faut que tu valides ton semestre. Sinon ils vont te retirer la bourse. C'est pas avec mon salaire de serveuse que…

– Relaxe.

Pas évident de se débrouiller à deux. Pas évident d'accepter l'autorité d'Élise. OK, un papier officiel certifie qu'elle est ma tutrice légale. Mais son visage – cernes aux mojitos, zéro ride, bouche vermeille – raconte la vraie version. Elle n'a que 25 ans et une petite sœur à gérer. Pas évident d'admettre son dévouement, ma culpabilité.

– J'avais un cours magistral sur la thérapie familiale systémique. Ça me rend triste d'y aller. D'entendre des récits de parents, de relations mères-filles.

La bouche d'Élise tortille. Je suis une garce. À ma décharge ce n'est qu'un semi-bobard, cette matière me perturbe sincèrement. Or c'est le lundi, entre midi et deux.

– Bref. Et toi ? Qu'est-ce que tu fais là ?

– Je me repose. Je reprends le service à 17 heures. Dans…

– Vingt-trois minutes.

Je le sais, je surveille l'horaire du coucher de soleil sur mon téléphone. Ah, mon fond d'écran c'est les ruines d'Hiroshima. Un *memento mori*. Ou un *memento* "les humains sont tarés".

D'un mouvement dégagé je me parfume le cou, les poignets, les seins. Puis je défais la barrette. Ma frange me tombe sur les yeux. Ils sont verts. Vert bouteille. Mes cheveux sont noirs et rebiquent sur mes clavicules. J'ai l'épiderme transparent. On me le rappelle l'hiver. *T'es blanche comme une morte.* Donc je porte du rouge à lèvres, brun ou prune selon l'humeur.

Ce soir ce sera "mûres sauvages".

Dernier coup d'œil.

J'avoue, elle est cool ma culotte. Dentelle sombre, assortie au soutif. Ça offre un peu de relief à mon corps. Je le kiffe, il est ferme, fonctionnel, avec des veines violettes qui dessinent un plan. Mais les garçons ont des tonnes de trucs à redire. *Pas de hanches. Silhouette de prépubère. Planche à pain.* Et mon pancréas ? Il te pose problème mon pancréas ?

– Crache le morceau, Bloom. Pour qui tu t'es mise en bombe ?

Elle me fait attendre plusieurs secondes sur le seuil, à-moitié-nue-oreilles-basses, avant de se décaler d'un pas dans le couloir. Même là je dois me faxer hors de la salle de bains.

– Lâche-moi.

– Ça sert à rien d'être sœurs si tu ne me confies pas ces choses-là.

Je me réfugie dans ma chambre.

– Alors ça sert à rien.

Sa voix vinaigre me harcèle jusqu'ici ; j'aurais dû fermer la porte. Sans la calculer je me précipite vers mes placards. Slim propre, teinte bleu-gris. Je saute dedans et trébuche, dissimule enfin les veines sous du tissu. OK, le haut maintenant. La prise de tête est de courte durée, je ne possède que des t-shirts à l'effigie de groupes de rock.

– Bloom... ? C'est pas le chelou avec son violoncelle ?

– Qu'est-ce que t'as contre lui ? Tu le connais pas.

Elle se plante au milieu de la pièce. Sur le passage. Où qu'elle soit dans ma chambre elle bloque le passage. Je m'incline vers la moquette à la recherche de mes Doc, de mon perfecto, de mon sac. Je fouille sous la couette, derrière ma chaise aplatie de fringues, par terre.

– C'est toi qui m'as parlé de ce type.

Elle joint les mains, roucoule :

– Virgile, avec ses plis de t-shirts et ses cils. Virgile, il est dépressif. Virgiiiile.

– Stop.

– Quoi ? Je te cite.

– Pas la peine de te foutre de moi. Ni de lui. Tu le connais pas c'est tout.

– Il ne m'inspire pas des masses.

Élise ? J'ai zappé de préciser, Virgile est un vampire.

Mes poings se serrent à mesure que je réunis mes affaires. Cérémonieuse, Élise vient s'écrouler au bord du lit. Je lui jette une œillade par-dessous ma frange. Elle enfonce les coudes dans ses cuisses, son menton s'affaisse. Lourd, son dos se voûte. Pincement au cœur. Ma sœur est exténuée. Parce qu'elle bosse de dingue chaque soir et que le reste du temps on s'engueule.

– Virgile, c'est pas juste des t-shirts et des cils. Il est... comment t'expliquer ? C'est le genre charmant. Bizarre. Un mec lointain, tu vois ? Pas forcément beau d'ailleurs. Disons qu'il a une manière singulière de regarder nulle part. Tu comprends ?

Au début elle a dû comprendre. Elle souriait. Or très vite est apparu ce pli dégoûtant entre ses sourcils. Je le déteste. Aspérité de chair qui veut dire : *Ma pauvre Bloom, t'es irrécupérable. Qu'est-ce qu'on va faire de toi ?*

– T'es sûre que t'as besoin d'un type de cette espèce ?

– Développe.

– T'es déjà assez...

– Assez quoi ?

– Je sais pas. Lunaire.

Lunaire. J'en ai entendu tellement à mon égard. *Taciturne. Paumée. Pas nette.* Ma sœur me reproche de vivre “dans mon monde”. Suis-je censée habiter à un autre endroit ? En cours de psychopathologie, j’ai trouvé l’adjectif parfait pour me décrire. *Hypersensible.* C’est l’intérêt principal de ce cursus : des autodiagnostics gratuits à volonté. J’estime que celui-ci me correspond. J’entends tout, je vois tout, continuellement. Sous la peau.

Élise se relève.

– Maintenant que tu l’as rencontré, y a plus que lui qui compte. On fait rien, nous deux.

Super, j’ai l’occasion de me moquer d’elle. De son fléchissement.

Sauf que mes yeux picotent.

– Tu veux qu’on aille nourrir les écureuils ?

Depuis gamines on imagine qu’on fait ça. “Nourrir les écureuils.” En réalité on va au parc, on lambine, nos coudes se frôlent. C’est crispant au début, ensuite on se détend. On discute. Les écureuils ne se montrent jamais. Ce sont les rongeurs les plus snobs de la planète. On finit par filer nos noisettes à des canards. Moins cool. Tant pis, c’est notre rituel.

Élise s’agace.

– Pourquoi y a que ça qui t’intrigue ? La psycho ? Chaque cassos de chaque coin de rue ? On a eu une enfance compliquée, d’accord, mais on doit avancer. Mettre ça derrière nous.

Le pli crado de ma sœur signifie aussi : *Je m'inquiète pour toi.* Pire : *Je t'aime.* Difficile de le haïr complètement. Parfois j'ai envie de m'approcher d'elle. De l'enlacer. J'y arrive pas, mes muscles s'ankylosent.

– J'avance. Ça m'empêche pas de réfléchir. Vouloir réparer les gens n'est pas un vice.

Elle hausse les épaules. Je crois qu'elle n'apprécie ni de réfléchir ni de réparer quiconque. Une technique de protection, certainement. Ma sœur se sustente, dort, boit, travaille, chantonne sous la douche. Entre ces segments animaux, elle m'assène des vannes. Ça lui suffit.

Subitement ses lèvres tremblotent, j'ai l'impression qu'elle va jaillir de sa coquille. Prononcer des mots importants, des secrets qui ne concernent ni la réussite scolaire, ni l'argent, ni les courses. Fausse alerte. Ses bras dégringolent, son expression se trouble.

– Tu me fatigues.

– Pardon ?

– Toi et tes yeux de chiot ! Ton putain de syndrome de l'infirmière ! Tu ferais mieux de bosser au lieu d'être dans le cosmos.

Elle s'interrompt, hésite. Sa langue demeure prête. J'ai des démangeaisons au niveau des cervicales. L'appréhension. Ma sœur est l'unique rempart. Ce serait périlleux qu'elle…

– Tu vas dériver, Bloom. Comme maman.

Voilà, le rempart explose.

Je ne sais pas si je l'ai traitée de bouffonne.

Je n'ai plus rien capté que mes vêtements qui s'abattaient dans mon sac. Trois romans, mon téléphone, du rouge à lèvres, mon appareil photo. Elle a dû me demander ce que je fichais. L'ai-je injuriée encore ? Bousculée ? Aucun souvenir hormis le chaos de mon souffle, les points de côté acides. J'ai mis mon écharpe, tapé un sprint jusqu'au saladier à saloperies de la cuisine – ici qu'elle laisse ses clés. On hurlait en chœur à ce stade. Et formidablement plus fort quand je me suis installée au volant de sa voiture. J'ai démarré en trombe, allumé la musique.

F.U.U., de Dream Wife.

J'ai dû brailler. Rire. Pleurer un chouïa.

Là je me mate dans le rétro. Sa silhouette qui course la voiture est toujours présente. Persistance rétinienne, ça s'appelle. Apostrophe de fille vénère. De fille blessée. J'ai l'odeur de ses cheveux sur les papilles. Agrumes chimiques discounts parce qu'on n'a pas beaucoup d'argent.

– Je vais emmener un vampire à Brocéliande avec la bagnole que j'ai piquée à ma sœur.

Je le répète trois fois.

Et je renifle.

3

Eels, *Fresh Blood*

Au moment où je lâche le volant, mes phalanges tremblent.

Ça fait onduler mes tatouages. Des points, des guillemets, des virgules. La ponctuation, ça me réjouit. C'est le langage du souffle, des silences. Bordel, je suis dans un état... J'essaie de me recoiffer la frange, quelques mèches en torsades derrière les oreilles.

Respire, respire, respire.

Virgile n'est pas en haut des marches.

Hier il a dit : *OK pour Brocéliande.* Si ça se trouve, depuis, il a changé d'avis. Il a aussi dit : *J'adore ton parfum.* Un genre de murmure. De grognement. Ou c'est à cause de sa voix-bougie-parfumée. Du calme. Je frotte mon slim, j'ouvre la portière. Bouffée de glaçons. J'attrape l'aérosol dans mon sac avant de grimper l'escalier. De frapper à la porte. Le contact entre mes articulations et le bois est électrique. Mon cœur martèle. Honnêtement, je suis incapable de déterminer si ça vient de l'embrouille avec Élise ou de l'imminence des cils.

– Virgile ?

Pas de réponse, j'entre.

– Virgile ?

Soudain j'ai peur. Qu'est-ce que je fous ? Je devrais rentrer. Ramener la voiture, m'excuser. Un velouté de carottes et au dodo : j'ai cours lundi. Thérapie familiale. Oui, allez, je m'en vais ! À l'instant où j'ébauche une volte, un courant d'air me soulève les cheveux.

– Bloom.

– Virgile.

Bottines, jean, t-shirt gris. Milieu de l'automne, pourtant il n'a pas froid. C'est un vampire. Il est haut en altitude quand même. Ça me fait basculer la tête de le regarder. Iris d'eau, sévères. Et ses cheveux châtains qui se rebiffent, vont là où ils veulent. Mains dans le dos comme d'hab. Pomme d'Adam taillée au scalpel, bouche orangée qui pulpe. Virgile crochète un sourcil.

– Ça va ?

– Ouais. Pourquoi ?

– T'as l'air perturbée.

– Non. Je vais bien.

– OK. C'est quoi, ça ?

Ces bribes de phrases ont ralenti le temps ; mon rythme cardiaque dans la foulée. Je me suspends à la trajectoire de ses yeux qui descendent vers ma main.

– Ah, ça ? C'est une bombe de peinture noire. Pour la lumière en voiture. J'ai vu la combine dans *Buffy contre les vampires*. Spike peint les vitres de sa bagnole. Ça lui permet de conduire la journée, à l'abri des rayons UV. Et euh...

J'enfouis une main dans la poche de mon perfecto.

– ... je t'ai acheté ça.

Sur la pointe de mes Doc, je lui enfile des lunettes de soleil. Elles ont une monture en forme de cœur, avec des strass. Je les ai choisies dans l'urgence. Virgile n'a pas bougé. Il est là, statique, immense, les veines du cou enflées. À la limite, ses lèvres se sont un peu flétries.

– Bloom...

Son intonation est douce, presque tendre.

– Rentre chez toi, ça vaut mieux.

Par contraste, je m'étonne d'aboyer.

– J'ai besoin de partir ! Maintenant !

Il était en train de pivoter ; il marque une pause. Reste de profil. Son nez est vraiment en trompette, ce n'est pas juste une expression en ce qui le concerne.

– D'accord. Mais on n'emporte pas ça.

Virgile m'enlève la bombe des mains et la pose sur un guéridon. Fou la manière qu'ont certains meubles d'être utiles. À leur place. Il retire les lunettes, me fait face. Incline légèrement le menton vers l'épaule. Dans le but de paraître moins géant et pointu, peut-être.

– Je ne crains pas le soleil, tu sais. Ça m'étourdit. Au bout de deux ou trois heures d'exposition, ça ressemble à une gueule de bois.

– Tu brilles ?

– Hein ?

– Au soleil, tu brilles ?

– Je vais pas taper sur *Twilight*, si c'est ce que tu attends. Je ne suis pas un rageux.

– Pas un "rageux" ? Comment ça se fait que tu t'exprimes comme un ado de quinze piges ?

– Je sors la nuit, dans les bars. Je vous étudie. Je vous écoute. Les jargons et les modes. J'ai pas le choix, je dois m'adapter. Ce serait dangereux sinon. Tu veux un café, Bloom ?

– Non. Je voudrais y aller. Vite.

– À une condition. Je conduis.

– Pas moyen !

– T'es pas sereine, tu vas nous envoyer dans le décor. Moi ça m'est égal, par contre toi tu vas être blessée, y aura du sang partout, ça va être un enfer à nettoyer... Je conduis.

– T'as le permis ?

– Je l'ai passé en 1974.

– OK boomer.

On ne se parle pas trop sur le chemin jusqu'à la voiture. On ne se regarde pas non plus. En fait j'ai honte. Être en crise, vulnérable. Virgile pose sa valise sur la banquette arrière, on s'installe. Les clés sont sur le contact, la musique toujours à fond. Mes fragments de drame.

Il baisse le son, je demande :

– Tu veux que j'allume le GPS ?

– Superflu.

– Les vampires ont un méga sens de l'orientation ?

Quand il refoule un sourire, une mini-fossette se creuse sous son œil.

– Je fais simplement confiance aux panneaux routiers.

Le moteur démarre.

Aussitôt le chauffage m'engourdit, ronronne dans mes organes. Diffuse l'odeur de Virgile, timidement. Il sent – c'est bête – il sent le jean propre et la pâte à gâteau. Je ne sais pas. Un parfum charnel avec des notes de frangipane. S'y mêlent des effluves de végétation, de bois mouillé. Virgile a ouvert les vitres, à peine, afin que la buée du parebrise se dissipe.

Les secondes s'étirent, pareilles à du chewing-gum.

– Tu te sens mieux ?

– Ouais.

Je me renfonce dans mon siège, pose mes Doc en hauteur sur la boîte à gants.

On roule.

La zone pavillonnaire rétrécit, vient la ville, son ampleur, ses éclats douloureux. Des petits visages comme autant d'étincelles. Ceux qui vont par deux, ou plus. J'ai cette manie de loucher sur les familles. À quoi ressemble leur vie ? Leur maison ? Leur chien ? Ça me rend souvent triste de constater que je donnerais cher pour m'enfuir avec eux. Enfin, pas cette nuit.

– Tu vas m'expliquer ce qui t'arrive ?

Je vide mes poumons. En entier.

– C'est ma sœur. On s'est disputées. On se dispute un jour sur deux. Là ça a dépassé les bornes. Tu conduis sa voiture, figure-toi.

– Elle ne va pas en avoir besoin ?

Un gloussement vibre sur ma langue.

– Sérieux ? Tu te préoccupes des besoins de ma sœur ?

– Pas franchement.

– Le bar où elle bosse est à trois rues de chez nous. Ça ne va pas la tuer. Elle a abusé. Elle m'a balancé de ces vacheries !

– Par exemple ?

– Que j'étais lunaire. Et elle m'a pris le chou, soi-disant que je ne suis pas assidue en cours. OK, elle travaille et elle paye le loyer… Mais moi avec ma bourse universitaire, je participe. Je fais nos courses chaque lundi, au cas où elle l'aurait oublié !

– Vous vivez ensemble ? Sans personne ?

– Oui.

– Pourquoi ?

– Parce que.

– Hmm. Donc, tu lui as volé sa voiture pour l'adjectif "lunaire" ?

À la dérobée, je l'observe. Ses mains sur le volant, émouvantes et solides. Ses avant-bras couleur brioche. La raideur de son cou. Par intermittence, les réverbères l'éclaboussent.

– Tu prends sa défense ?

– Vu la façon dont tu présentes la situation, c'est toi la méchante.

Un truc me lacère le pli de la fesse. C'est ma culotte en dentelle. Ridicule d'un coup. Grotesque. J'aurais dû mettre la confortable en coton. Qu'est-ce que je croyais ?

– Bloom, te vexe pas.

– Je me vexe pas.

Pause, il ajoute :

– Je m’en tape de vos histoires d’humains. Je trouve ça assez pathétique.

– Virgile ?

– Oui ?

– C’est mieux si tu te tais, d’accord ?

Il soupire, ses mâchoires claquent.

Sous les assauts de l’accélérateur râle le moteur.

On s’engage sur l’autoroute.

Il m’énerve.

Incontestable.

Ce n’est pas sa faute : je pourrais me battre contre n’importe qui, n’importe quoi. Lui, la lune, les panneaux routiers. J’essaie de dompter cette lave, dedans.

Oh, je sais.

Mamie.

Ça me console ; rêver à Mamie.

Elle est mon rendez-vous hebdomadaire du mercredi depuis six ans. Allée centrale après le clocher, granit rose. Je vais la voir l’été, je m’assois sur sa tombe et j’ai les cuisses froides, je vais la voir l’hiver, mes genoux se changent en grelots, je suis aveuglée par la condensation qui me sort de la bouche, je vais la voir au printemps dans les odeurs douceâtres de chrysanthèmes pourris, essorés d’orage, je vais la voir l’automne quand les feuilles orange croustillent entre mes Doc et le gravier. Je lui raconte ma vie. Je lui dis : *Je t’aime, pardon, merci.*

Voilà, ça fonctionne. Son souvenir m'apaise.

Je passe environ trente minutes avec elle, ou trente kilomètres, aucune notion.

Finalement je chuchote :

– Désolée.

– T'inquiète.

– C'est particulier la colère, pas vrai ? Ça fait comme des insectes dans l'esprit. Ils remplissent l'espace et on ne peut pas s'en débarrasser.

– Si, on peut. Rappelle-toi que tu n'es pas ces insectes. Tu es la meuf qu'ils tourmentent.

Ma nuque fond dans la banquette, je me laisse couler.

Je me demande si Virgile prend des congés ou s'il est toujours aussi intense. Solennel. *Tu n'es pas ces insectes.* C'est irrépressible, je ricane dans mon écharpe. Ensuite mes yeux patinent sur le paysage. Morsures d'arbres opaques, portions de goudron dentelées par la lumière rousse des phares. Cette ligne blanche qui serpente ou clignote. J'augmente le volume de la musique. *Fresh Blood*, du groupe Eels. J'aimerais chanter. Je n'ai pas le cran de chanter.

Virgile a raison : je suis la méchante.

Ma sœur a beaucoup sacrifié. En signe de gratitude je lui fauche sa bagnole. Elle doit être morte d'angoisse. Mon portable est en mode avion, je ne veux pas savoir. Le nombre d'appels en absence me filerait envie de pleurer. Plus tard. Dès qu'on s'arrête. Oui, je l'appellerai.

– Bloom ?

– Hmm ?

– Vous les vivants, vous êtes presque huit milliards. Huit milliards à souffrir, et pour des choses plus compliquées que des disputes entre sœurs. Si tu t'autorises à faire un break, la Terre ne va pas manquer sa rotation. T'as deux choix. Soit tu continues à ruminer, soit tu décides que c'est dérisoire. Merde, on se tire à Brocéliande non ? C'est la fête !

Je me redresse.

– Tu peux parler…

– Qu'est-ce que t'insinues ?

– J'entreprends ce voyage parce que ma vie est nulle et que ma sœur me gave. Mais toi ? Pourquoi tu l'as accepté ?

– Ton parfum.

Sa réplique me colle un uppercut dans l'estomac. Je me racle la gorge.

– Dans la série *The End of the F***ing World*…

– Tu regardes trop Netflix…

– … James se prétend psychopathe. Le grand vilain en somme. C'est pas vrai. Il est juste triste. Seul. À mon avis t'es pareil. Seul et triste et pas hostile. La preuve, t'es prêt à traverser la France avec une humaine qui te raconte ses histoires pathétiques.

– Ouais. Je dois être très malheureux.

– Tu ne devrais pas tant ruminer, Virgile. Tu devrais décider que c'est dérisoire.

Il tourne vers moi un visage amusé. C'est-à-dire un sourire aux pommettes hautes, qui lui réduit les yeux et dévoile des incisives en nacre. J'oublie ses 283 ans. Pour l'instant il en paraît 8. J'oublie qu'après les incisives, il y a des canines. Possiblement létales.

D'autres kilomètres, d'autres lueurs, des panneaux verts ou bleus.

Je commence à me sentir fatiguée. Groggy. L'effet combiné des émotions et du chauffage. Je défais mon perfecto. Mon parfum inonde l'habitacle. Je ne veux pas m'avancer, or je crois que ça fait rougir Virgile. J'ai un désir de surveiller son torse. De vérifier s'il respire.

Il respire.

Son souffle est un peu saccadé d'ailleurs.

Je repense à ma culotte, alors c'est moi qui rougis.

Stop, on se focalise sur la musique. Je ferme les paupières. Au début je me contente de fredonner. Puis j'ose une syllabe. Une deuxième. Ça me grignote le ventre. Des frissons. C'est cette ligne blanche au milieu de la route. C'est chanter. C'est ce sentiment de liberté ; il est rond, plein et bouillant. La chair de poule se répand sur mon épiderme. Partout. Les cuisses, les mollets, les bras.

J'espère que Virgile ne s'en rend pas compte.

S'il faut, j'accuserai un courant d'air fictif.

4

The Fratellis, *Whistle for the Choir*

L'eau est tiède et poisseuse. Je la cueille, m'en asperge le visage. Ça fait comme une claque à la confiture. Pas grave, je me sens trop sale. J'ouvre ma trousse de toilette – évidemment trempée –, j'essaie de m'arranger un peu. Lotion micellaire, huile végétale d'abricot.

L'éclairage violet me donne un teint de cadavre.

L'absence de sommeil doit jouer.

Certains arrivent-ils à dormir plusieurs heures d'affilée sur un siège passager ? Si oui, qui sont ces gens ? Quel est leur réseau ? Dans le reflet, je croise le regard de la dame à côté de moi. Elle m'envoie un sourire piteux, brouillé. Ça me rassure : tout le monde est moche sur les aires d'autoroute. Vaguement triste. Je me lave les bras, les poignets, l'odeur du savon m'écœure. Et ce sèche-mains qui ne sèche rien à moins de s'agiter à la manière d'un épileptique.

Cette nuit, Virgile a roulé jusqu'à 3 heures.

Puis il s'est garé sur un parking. *On repartira demain.* J'ai demandé pourquoi. *T'as besoin de sommeil, moi de manger.* J'ai eu froid dans le bas-ventre. Impossible de renchérir. Est-ce qu'il a chassé une bestiole malchanceuse ? Tué quelqu'un ? *J'en ai marre de tuer.* Est-ce qu'on va continuer longtemps à ne pas aborder le sujet ? Je ne connais pas grand-chose de lui, ni de son passé. Il y a tant de questions à élucider à propos de sa nature. Et je dois être sacrément barge d'avoir fugué sur un coup de tête. Surtout que lui il est plutôt sympa en dépit de son caractère de nuage. Mais à Brocéliande ? Ils sont comment les autres monstres ?

Dès qu'il m'a laissée seule, j'ai téléphoné à Élise.

Elle m'a hurlé dessus. Ses postillons, je les ai littéralement sentis dans mes oreilles. Moi j'ai tenté des excuses. Difficile d'en placer une. J'ai promis de revenir d'ici quelques jours, de ne jamais recommencer. De faire davantage la vaisselle. Ça ne l'a pas détendue. Au final elle a cessé de crier. D'abord j'ai cru que c'était un bon présage mais d'un timbre neutre, elle a déclaré : *Pas la peine de rentrer, Bloom. Garde la bagnole, je m'en tape. Tu viendras chercher tes affaires. Après je ne veux plus te voir. Tu n'es plus la bienvenue à la maison.*

Ça non plus, ça n'incite pas à dormir.

Je fourre ma trousse de toilette dans mon sac, mon sac sur mon épaule.

La cafétéria de l'aire de repos est blindée. Midi pile. Je repère Virgile à une table du fond. Pieds en croix sous sa chaise, les mains dans les poches de son sweat, sa capuche sur les boucles et le regard loin. Un café fume devant lui. En face, un sandwich pour moi.

Je m'assois en toussotant.

– T'as faim ?

– Vite fait.

Il est au poulet, son sandwich. Je n'ai pas le courage d'avouer à Virgile que je suis végétarienne.

Derrière nous, une famille. Papa, maman, deux fillettes qui se chamaillent. Eux doivent avoir un super chien. Un berger australien. La plus petite joue avec un ballon de baudruche. Le logo d'une compagnie pétrolière se boursoufle sous ses doigts.

Virgile a l'air mal en point, ses cernes sont de la même couleur que mon rouge à lèvres.

– J'ai les lunettes de soleil si tu veux.

– Arrête.

Il n'a pas parlé fort. Il a grommelé. Ses bottines s'agitent sous la table, font tressauter les lacets de sa capuche. Le ballon de baudruche rebondit au sol.

– Tu le bois jamais, ton café. Les vampires ne digèrent pas ?

– Ça dépend. Tous les humains ne supportent pas le lait. Ou les épices.

– Tu mangeais quoi quand t'étais… tu sais ?

Il roule des yeux, enlève sa capuche.

– T'as personne à emmerder ?

Un son de verre brisé dans mon cerveau. Quand Virgile est con, ce n'est pas à moitié.

Le plus tragique ? Non, je n'ai personne à emmerder. Élise. Trois copines depuis le collège. Des filles optimistes et malignes qui me plaisent beaucoup. Le week-end on boit du mauvais mousseux coupé à la grenadine, on escalade des grillages en ricanant, on chaparde du maquillage et on vomit derrière des voitures. À l'aube je finis par réaliser que je suis malheureuse à mourir pour zéro raison. Ça me culpabilise. Ça nique l'ambiance, accessoirement. *T'es notre épouvantail de poche, Bloom.*

Je promène mon regard sur la cafétéria. Papier kraft, viennoiseries, salades hors de prix, sodas, enfants qui geignent en caisse afin d'obtenir une peluche ou des bonbons.

– C'était le Siècle des lumières, non ? Si t'as 283 ans ? J'ai lu que les gens aimaient bien les fruits confits à cette époque.

– Les gens aimaient ne pas crever de faim. Mais comme dit Mick Jagger, on n'a pas toujours ce qu'on veut.

Du bout des ongles, je récupère une ou deux tomates à l'orée de mon sandwich. Je les mâche longuement. Avaler ? Inconcevable avec cette boule dans ma gorge.

– Lilas, tu te calmes !

Un cri perçant escorte l'ordre maternel. Le ballon de baudruche est passé des mains de la cadette à celles de l'aînée. Qui ricane. La cadette est assise par terre, jupe retroussée. Sa bouche se crevasse, ses yeux giclent. Elle pleure. De gros sanglots aigus parsemés de grimaces.

– Sois gentille avec ta sœur !

Je craque, c'est plus fort que moi.

En catastrophe je me hisse sur mes Doc, mes hanches percutent la table.

Je m'enfuis vers les toilettes.

Moins de trente secondes suffisent : j'ai des larmes jusqu'au menton. Bien sûr, on me fixe. Oh ce n'est pas malveillant. Curieux au pire. Pourtant c'est déjà trop. J'ouvre une porte au hasard et je m'effondre contre le mur, à dix centimètres de la cuvette. Pivot du verrou, mon corps entier chute. Le carrelage est glacé sous mes fesses, je cale mes Doc contre le plâtre.

Ça se situe à quelle section de l'anatomie, les sœurs douloureuses ?

Les mamans folles et les papas qui désertent ?

On se fait bien extraire les dents de sagesse ou l'appendicite, pourquoi pas ça ?

Dans la cabine adjacente, une nana faisait pipi.

J'ai dû la déranger avec mon séisme, je ne perçois plus le ruissellement. Et puis, une goutte après l'autre, ça repart. Chasse d'eau, robinet, savon, robinet, sèche-mains.

Une musique d'ambiance ricoche par-dessus.

Parfois j'ai l'impression de vivre dans une simulation. Un jeu vidéo. J'ai du chagrin ? Une chanson mélancolique s'incruste. Élise me vire de la maison ? Lilas dérobe le ballon de sa sœur. Ça ne concerne pas que moi, ces coïncidences cheloues. La nature étouffe ? Les forêts crament et les glaciers fondent. On vire schizos ? Pandémies, WW3, féminicides et clowns orange. Comment ils font, les gens autour ? Pour vivre sans y penser, bûcher leurs exams, étendre la lessive ? Perso quand je dresse la somme de ces personnes qui souffrent, de ces personnes qui meurent, de la cruauté et de l'absurde, ça me flanque des acouphènes.

Mamie est morte.

Papa et maman ont déraillé.

Élise a dit : *Tu n'es plus la bienvenue à la maison.*

Moi je chouine dans les manches de mon perfecto, accoudée aux chiottes. On est samedi. Midi et quart, je dirais. Quelque part en France, au noyau d'un road-trip suicidaire. Voilà l'endroit où la simulation craquelle. Où les bugs se multiplient.

– Ce sont les toilettes des dames, je vous signale !

– Je sais.

La voix de Virgile bourdonne en filigrane de l'éclairage violet. J'imagine la nana se ramollir. Rectifier sa coiffure. Si elle n'est pas myope, elle doit le juger beau.

– Ma copine est là. Elle est enceinte. Les nausées sont difficiles. Bloom, t'es là-dedans ?

Je cligne des yeux, plusieurs fois.

– Euh… ouais.

Mes doigts ripent sur le verrou, la porte s'entrebâille.

Alors je découvre le tableau.

La nana en jogging, déçue, poings sur les flancs. Virgile devant elle, son sweat trop large, son assurance et un ballon de baudruche à l'extrémité d'une ficelle, qui flotte à hauteur de sa tête. Est-ce qu'il en a demandé un aux caissières ? Est-ce qu'il a piqué celui des gamines ?

– Bon courage.

La nana s'éloigne. Virgile pénètre dans la cabine. En douceur. J'apprécie ça chez lui, on ne l'entend pas se déplacer. J'ignore si c'est une délicatesse de vampire ou s'il était comme ça avant. Il s'installe au sol. Son épaule effleure ma Doc, son genou est à trois centimètres de ma cuisse. Virgile s'ébouriffe les cheveux et ça me serre la poitrine, l'incertitude, où sa main gauche va-t-elle retomber, sur ses jambes, OK, n'empêche qu'elle est près de moi.

Au bout de la droite ondoie le ballon.

– D'où tu le sors ?

– C'est un cadeau.

Il me le donne, j'attrape la ficelle et je ne sais pas quoi en faire.

Virgile ne prononce plus un mot.

– T'es vraiment relou quand tu t'y mets.

– Désolé.

À moi de soupirer. Ensuite, ça m'échappe.

– Ma sœur m'a jetée.

– C'est toi qui es partie.

– Elle ne veut pas que je rentre.

Il s'humecte les lèvres, en attente de la suite.

– Elle a connu notre père, Élise. Moi non. Il s'est tiré quand ma mère était enceinte de moi. Ma mère, elle est malade. Mentale, je veux dire. J'étais gosse, je ne me doutais de rien. Même s'il y avait des périodes où elle n'était plus à la maison. Séjours en HP, on me l'a expliqué plus tard. C'est notre grand-mère qui s'est occupée de nous. Quand j'ai eu 8 ans, ma mère a vrillé complet. Élise était ado. Elle gérait plein de trucs pas de son âge. Notre grand-mère est morte cinq ans plus tard. Élise était majeure. À peinc, mais majeure. Elle a pu faire les démarches pour devenir ma tutrice légale. Depuis on est à deux.

J'ai débité, blanc et mécanique.

Ça ne me soulage pas. Virgile ne répond pas. Qu'est-ce qu'il pourrait répondre ? Juste, il se mordille l'intérieur des joues. D'autres filles font pipi, se lavent les mains. Certaines nous dévisagent. Il y a des murmures fâchés, des rictus. Je n'en veux à personne.

– La glace à la poire.

– Hmm ?

– Ce que je mangeais. Ce que je préférais. C'était la glace à la poire.

– Ça existait au XVIIIe siècle ?

– Bien sûr. À l'Antiquité on mélangeait des fruits et du miel avec de la neige. C'est un Italien qui a eu l'idée d'ajouter de la crème dans un sorbet.

J'essuie mes paupières, lui hésite une seconde avant de continuer.

– Je suis né en 1738. Je vivais à Paris, j'étais l'aîné d'une fratrie de sept. Mon père était tailleur, ma mère accoucheuse. Dès que j'ai été en âge de travailler, une dizaine d'années, j'ai aidé mon père. À l'atelier au début. Il se trouve que je n'étais pas très doué. Donc il m'envoyait voir les marchands, j'achetais les étoffes, les rubans, les dentelles. J'aidais à transporter le matériel chez les clients. On habillait des bourgeois, parfois quelques nobles de la cour.

– Versailles ?

– Ouais. J'avais horreur du château. Horreur des fanfreluches en général. Je lisais en cachette, je voulais devenir philosophe.

J'étrangle un rire.

– À la place tu faisais de la couture chez les dames chics ?

– Plutôt naze, hein ?

Il déplie sa main. J'ai une tache sur le slim, au niveau du tibia. Il l'époussette et c'est comme si je mourais à l'envers.

– Tu ne pouvais pas lui dire, à ton père ? Que tu voulais être philosophe ?

– Je lui ai dit. J'ai ramassé des coups. Il a failli me tuer. Personne ne s'est interposé dans la famille. Le lendemain ils m'ont foutu à la rue, j'étais trop vieux pour rester à leur charge. Et amoché par mon père, je ne valais plus un clou.

– T'avais quel âge ?

– 20 ans.

Virgile esquisse un demi-sourire.

– Les mœurs étaient différentes.

– Qu'est-ce que t'as fait après ?

– Une Marquise m'a recueilli. Une des clientes de mon père.

– T'as vécu à Versailles ?

Ses traits se chiffonnent.

– Non, j'y suis mort.

– La Marquise était une vampire ? C'est elle qui t'a transformé ?

– Une chose à la fois, Bloom, OK ?

J'acquiesce. J'aimerais qu'il m'en raconte plus. Le présent remonte à la surface. Des milliers d'images éclatent, s'emmêlent. Élise. Brocéliande. Glace à la poire. Le ballon de baudruche. Mes études. Mamie. Forêts en flammes. Maman. *J'ai ramassé des coups.* Quel bordel.

– Viens.

Virgile se met debout d'un de ses gestes vifs et silencieux. Il me tend la main. Ça m'émeut. Toucher ses doigts. Je crois que c'est la première fois. 3… 2… 1… Point d'impact. Sa peau n'est même pas froide, c'est semblable à caresser les pages d'un livre. On sort des toilettes, puis de la cafétéria. Je prends la direction de la voiture mais il me retient par le coude.

– Attends.

Virgile m'emmène à l'écart, derrière le parking. Il n'y a personne ici. Des ombres, de la tôle, les poubelles de l'aire de repos, un ou deux arbres décrépits, les mégots des employés.

– Qu'est-ce qu'on fout là ?

– Donne-moi le ballon.

J'obéis, il le saisit par la ficelle.

– Recule.

À nouveau j'obéis.

– Parfait. Écoute, je vais te lancer ce ballon. Et toi tu vas taper dedans. Fort. Pareil que si tu mettais une patate à quelqu'un. D'accord ?

– Tu…

– D'accord ?

Je hausse les épaules sans comprendre. Virgile lève le ballon au-dessus de lui. D'une pichenette légère il me le dirige dessus. Je me contente de le lui renvoyer.

– Non, t'as pas capté. Je t'ai demandé de lui mettre une patate.

C'est insensé. De la pure bêtise. Je me détourne, replace mes cheveux derrière mes oreilles. Au loin un camion prend le chemin de l'autoroute. Des centaines de voitures défilent. Dedans, des gens sont en vie. Un bruit feutré me trouble : le ballon s'écrasant sur mon perfecto.

– Bloom, je ne te lâcherai pas.

De mauvaise grâce je shoote le ballon, qui s'envole, décrit des arabesques bizarres avec sa ficelle en traîne. Au moment où Virgile le réceptionne, un rayon lumineux perce la membrane en caoutchouc. Le ballon plane vers moi. Vitesse réduite. Je ferme le poing et je cogne de toute la puissance de mes muscles. La ficelle ne se balade pas dans le vent cette fois, sa trajectoire est directe, rugueuse.

Ça défoule autant que de taper dans un mur. La douleur en moins.

Alors on maltraite notre infortunée victime.

Ça dure une heure, ou plus.

Bientôt le soleil est vertical.

Virgile plisse les paupières, se penche pour vomir du sang. On se résout à partir. En rejoignant la voiture, je propose de prendre le volant. Pas d'objection. Virgile enfonce sa capuche sur sa tête. Ses bottines échouent sur la boîte à gants.

Chacun son tour.

– Tu veux les lunettes ?

Il souffle par les narines, contrarié. J'en déduis que ça veut dire oui. Donc je lui enfile ses binocles en forme de cœur. Lui ronchonne, le crâne appuyé contre la vitre.

Je démarre.

Une intuition que ça va être dur.

La route, Brocéliande, l'avenir.

Surtout, être l'amie d'un vampire qu'on a envie d'embrasser.

Dans le rétro, j'aperçois notre ballon sur la banquette arrière.

5

Lana Del Rey, *Season of the Witch*

Quand il pleut, le paysage s'irise.

C'est comme augmenter le contraste dans une photo. Les couleurs scintillent, les obscurs vibrent. Je détaille la nature environnante, les panneaux – sous-titrés en breton. Ça me change de l'autoroute si linéaire et de ses bouquets sur le bas-côté, empalés là pour les morts.

On écoute Radio Classique.

Virgile considère qu'après la mode romantique du XIXe siècle, la musique a déconné sévère. Il tique si les animateurs balancent du jazz, par exemple. Moi ce qui me gêne, ce sont les pubs. Les slogans des pompes funèbres, les appels aux dons pour la science. *Si vous voulez préserver vos petits-enfants de la catastrophe climatique.* À croire qu'il n'y a que les vieux qui écoutent du classique et que leur unique préoccupation, à ces vieux, c'est mourir. Remarque, c'est peut-être le cas. Faudrait interroger un très très vieux. Genre Virgile.

– Prochaine à droite.

Il est 16 heures. Depuis que le soleil fléchit, Virgile se réveille.

– Gare-toi dès que tu peux.

Je trouve une place en face de l'office du tourisme. Je me sens super excitée. Le village de Paimpont est adorable. Des maisons longues en pierres de taille, avec des toitures en ardoise bleue trouées de velux. De la verdure et des explosions de fleurs. Mille boutiques ésotériques farcies de cartes postales, de grigris, d'encens et de minéraux. Des Bretons.

On ouvre les portières.

Je me jette presque sur les passants. Je veux boire du cidre, entendre du biniou et me faire tatouer un triskel dans la chair. Une gamine en vacances. Sur ressorts, je fais le tour de la voiture.

– Dépêche !

Je tire Virgile par la manche.

L'air exhale une odeur de roche, d'écorce, de sève. J'ai l'impression d'avoir des feuilles d'arbres dans la bouche. À chaque rafale de vent, la couleur verte me chahute les cheveux ; son parfum mouillé imprègne mes fringues.

On s'engouffre dans l'office du tourisme.

La dame de l'accueil paraît cool. Replète, tignasse crépue rigolote. Je m'approche, son sourire me contamine. Pense-t-elle que Virgile est mon mec ? J'aimerais qu'elle le pense.

– Bonjour mademoiselle ! Je peux vous aider ?

– Oui, j'ai quelques questions sur Brocéliande…

Et on discute et on pépie et on glousse.

Je hume son haleine de café au lait, j'attrape ses dépliants. Le papier glacé geint sous mes ongles. Il y a tant à explorer. Le tombeau de Merlin, le Val sans retour, la Fontaine de jouvence. Des étangs, des chênes centenaires, des mégalithes et des châteaux.

– La forêt s'étend sur six communes. C'est onze mille hectares en totalité.

– Ah oui ?

– La dimension de Paris.

– Waouh !

– C'est pour ça qu'on propose des packs découverte.

– C'est-à-dire ?

– Vous pouvez sélectionner le circuit de votre choix, avec un ou plusieurs lieux historiques. Vous serez accompagnés d'un conteur. C'est tout marqué sur le prospectus, là. Il y a aussi le parcours-spectacle au départ de la Porte des secrets. Un voyage sensoriel merveilleux ! Tenez, je vous donne la documentation. Voilà. Sinon, vous avez les randonnées.

À pied, à cheval, à vélo… Je vais vous fournir une carte du site.

Elle se soulève de son fauteuil. Des ridules cisaillent ses tempes, les perles à son cou s'entrechoquent. J'ai cette pulsion de la serrer dans mes bras.

– Ça a l'air top !

– Si vous êtes une amatrice de légendes, vous allez adorer.

– Qu'est-ce que t'en dis, toi ? Par quoi tu veux commencer ?

Virgile gratte l'oreille d'une figurine de lutin, posée sur les étagères de souvenirs. Il oblique vers nous. Pendant trois secondes, il a l'air inoffensif. Ça ne dure pas.

– On commence par se casser ?

La dame arrondit les lèvres. Il me l'a froissée, le rustre. Elle mérite que je la venge.

– Ne faites pas gaffe à lui. C'est un véritable vampire.

Virgile cille. Quasi imperceptible. Puis, d'une démarche chaloupée, il vient se placer à côté de moi et m'enserre la taille.

– Tu as récolté les infos que tu voulais, Bloom chérie ? On peut filer ? J'ai hâte de profiter de notre chambre d'hôtel !

Il ponctue la tirade en me mordillant la pommette. *Je ne sais plus où me mettre* est, quand on y songe, une formule assez faible. Perso, j'ai des envies de désintégration atomique.

– Je... oui. J'ai mes infos.

– Alors on y va. Passez une belle soirée, madame.

– Merci, au revoir !

La poigne de Virgile est telle que j'ai la sensation de ne plus toucher le sol. Ce qui me perturbe surtout, c'est la trace de ses dents sur moi. Une sorte de baiser. Je tente de reprendre un soupçon de consistance.

– T'avais pas besoin d'être désagréable.

– T'avais pas besoin de jouer la touriste abrutie.

– Oh ! Je fais ça pour toi. Pour qu'on trouve ta communauté de freaks.

– Ouais, bah je t'ai rien demandé à la base. Et ce n'est pas en se mêlant aux randonneurs du dimanche qu'on va les trouver, mes "freaks". Justement, ils doivent s'en planquer.

En guise de réponse, je shoote une pomme de pin.

On remonte en voiture.

Il faut rouler une vingtaine de bornes avant d'accéder à l'une des entrées de la forêt. Inutile de préciser qu'on ne s'adresse pas la parole. Virgile finit par se garer, on marche. La journée s'assombrit définitivement, hormis quelques rayons de soleil têtus qui se contorsionnent entre les arbres. La mousse sur les racines absorbe les derniers éclats dorés.

– Je sors la carte ?

Il se fige, lève la tête. Une lueur s'est invitée dans ses yeux. On dirait qu'ils vont exploser. Les veines de son cou sont courbes, ses narines se dilatent.

– Non. Je les sens.

Je fronce les sourcils.

– Si tu les "sens"...

On avance. Longtemps. Lui devant façon prédateur en chasse. Moi derrière, mains dans les poches. Ça me fait du bien de me dégourdir les jambes. Ça me vide l'esprit. Je voudrais qu'on n'arrive jamais. Déjà parce que j'ignore ce qu'on trouvera là-bas, ensuite parce que ce n'était pas si mal jusqu'ici. Le ronron du moteur, frapper d'innocents ballons et Radio Classique.

– On n'est pas loin.

Une heure plus tôt, on a quitté le chemin principal direction les sous-bois. Mes Doc sont crades et les ronces ont abîmé certains endroits de mon slim. Maintenant, on se tient au milieu d'une clairière bordée de chênes. Une dizaine de rochers émergent de l'herbe.

Virgile se précipite dessus.

Il les palpe, les renifle.

– O-kayyy...

– C'est là. J'en suis convaincu.

– Je ne vois pas de structure.

– C'est sous terre.

– Je ne vois pas non plus de porte. Ni d'escalier. Ni de trappe magique ou je ne sais quel délire de film d'horreur.

Une chouette hulule, je n'y prête nulle attention.

– Y a que dalle, Virgile.

– Je présume qu'il faut un rituel pour révéler l'entrée. Je dois réfléchir.

– Nickel.

En soupirant, je m'avachis sur un des rochers. Virgile se met à faire les cent pas. Bras ballants, croisés, ballants. J'en conclus que ça va être long. Chiant. En prime je crève de froid.

– Tu veux pas qu'on réfléchisse à deux ?

– Bloom, s'il te plaît.

Le contraire m'aurait étonnée. Dommage. Ce serait rassurant un brainstorming. Vu qu'à présent il fait nuit noire. Vu que la forêt n'est pas exactement silencieuse. Il y a les bottines de Virgile sur les brindilles, d'accord. Mais en arrière-plan je perçois des tas de machins sordides. Des sonorités animales, des choses qui craquent. Qui grouillent, grattent, fouinent, flairent et remuent. Je me focalise sur Virgile. Il récite des psaumes en latin. Sans succès. Entre deux incantations il assène des coups de poing aux arbres. Je ne suis pas persuadée que ça aide, cela étant, il a les mâchoires tellement crispées que je n'ose pas l'interrompre.

Les minutes se succèdent.

Je me mets à grelotter sous mon cuir. Mon estomac gargouille ; j'en sursaute. Mes battements de cœur s'intensifient. Je les éprouve, là, dans mon squelette. Ça me file une de ces gerbes ! Alentour, les branches se dédoublent. Ou… ce sont mes yeux qui sont cassés ?

– Virgile ?

Tornade de sweat, il me lance un rictus.

– Quoi ?

– C'est… ma vue. Je me sens mal. Et j'hyperventile.

Il me rejoint à grandes enjambées. Insère une main entre les plis de mon écharpe. Ses doigts rencontrent ma jugulaire, il fixe le rocher où je suis assise. Propreté de docteur. Virgile est concentré. Ça me tue, sa facilité à dépasser cette barrière, la peau, sa facilité à me toucher. Ça ne lui provoque strictement rien. Moi, mon pouls est hors de contrôle.

– Tu paniques, c'est tout.

– C'est tout ?

OK il est lunatique. Dépressif. Immortel. Sauf que je sature. Le “mode trouduc” est enclenché depuis un bail. Je me dresse, le repousse des deux paumes.

– J'ai pratiquement pas dormi, j'ai avalé quatre pauvres morceaux de tomate, je me les gèle et y a encore quarante-huit heures, les vampires, c'était dans mes séries et au cinéma. Donc tu vas m'accorder une trêve. Cesser de te comporter comme un gland. C'est clair ?

– Je me répète, je t'ai rien demandé.

– Est-ce que je t'ai kidnappé ?

Il me dévisage, ses épaules s'abaissent.

– Tu paniques à cause de l'inconnu. À cause de cette forêt. Si je réponds à trois questions de ton choix, tu me promets de te tenir tranquille ? D'essayer au moins ?

– Ouais.

– Bloom ?

– Ça va, je promets.

– Bon, je t'écoute.

– Est-ce que…

Je tremble. De la frange aux Doc. Je dois déployer des efforts terribles pour dompter mon souffle.

– … tu as tué quelqu'un la nuit où on s'est arrêtés ?

– Non. Pas "quelqu'un". Question suivante.

– Tu me le jures ?

– Oui. Troisième et dernière question.

– Tu triches, elle ne comptait pas celle-là.

Brusque, il fait un pas. Quinze centimètres nous séparent. Microscopiques. Il est si près que mes cheveux vacillent à l'instant où il peste :

– Troisième et dernière question.

– Depuis 1758, combien de personnes tu as tuées ?

– Beaucoup.

– Combien ?

– Et toi ? Avec combien de personnes t'as couché ?

Cinq. Je ne vais pas le confesser. Il m'agace. Non, il me dégoûte. Malgré la fatigue et la peur, la colère monte. Insidieuse. Tant mieux, elle me redonne de l'énergie.

– Foutu menteur !

L'insulter ne m'apaise pas. Pas vraiment. Je progresse vers lui. Il recule d'une foulée, d'une deuxième, les mains dans le dos et un sourire aux lèvres. Je ne sais pas ce qui me traverse. Je le gifle. Le bruit est acide, cingle entre les arbres, ricoche contre les écorces.

Virgile se masse la joue, laisse échapper un rire.

La suite se déroule si vite que j'en suis sidérée. Il se déplie de tout son long et vient fondre sur moi. M'agripper par les coudes. Je suis en équilibre sur la pointe des pieds. Une poupée de chiffon. Ses yeux deviennent électriques, d'un noir sale. Il entrouvre la bouche, ses canines s'allongent, frôlent sa lèvre inférieure. Des putains de crocs. Sa voix, c'est une écorchure.

– Tu ne te rends pas compte, Bloom. Je suis gentil avec toi. Je me contiens, en permanence. Or je te déconseille de me pousser à bout. Spécialement si j'ai faim.

Je déglutis. Avant de rétorquer :

– Sinon quoi ? Tu vas m'assassiner ?

Au ralenti il lâche son emprise.

– Je dois réfléchir au rituel.

Étourdie, je me réinstalle sur mon rocher et j'ouvre mon perfecto. Je n'ai plus si froid. Tic nerveux, je lisse mon t-shirt. À l'effigie du groupe Muse, celui-là. Je ne veux plus regarder Virgile. Une bête sauvage. Je le déteste. Je tremble toujours, ça ne se calme pas. Décidément la colère me répugne. Émotion agressive, en forme d'insectes. Émotion jaune moutarde. Je préfère être triste. C'est mou, lent, dans les tons pastel.

Je déracine mon MP3 de ma poche.

Tandis qu'il tournicote, l'autre. Qu'il marmonne en latin. Je pourrais écouter Muse ? Les gémissements de Matthew Bellamy sont le remède à une tonne de problèmes. Non, ce serait minable en portant leur t-shirt. Fangirling. Cette nuit je choisis Lana Del Rey.

Qu'est-ce que… ?

Virgile s'est mordu le poignet, il trace un pentagramme de sang au sol.

Je m'en fous, j'augmente le volume.

Lana Del Rey chante qu'on est nés pour mourir ; je la crois sur parole. J'en déduis que j'ai le droit à une clope de temps en temps. À une part de tarte tatin ou à l'impulsivité. Je me dis que si ça ne va pas, il reste Jim Morrison, Sid Vicious, Kurt Cobain et Lil Peep. Mourir avec eux. C'est maso de les écouter pendant l'adolescence. De prendre leur spleen, leur rage. Par exemple Lana, elle m'a détruite. Disons qu'elle a semé dans mon cœur des fantômes qui n'étaient pas les miens. Le genre qui collent jusqu'à l'âge adulte et on finit aussi cafardeux que ces artistes, à la différence que nous, on n'est pas millionnaires. Juste des losers paumés.

Virgile se balance sur ses talons. Soudain, il revient vers moi.

J'enlève mes écouteurs.

– Un souci ?

– Tu veux un bonbon ? J'en ai acheté deux paquets. Des aromatisés à la menthe et des acidulés. Je ne connais pas tes goûts, je les ai chopés sur l'aire de repos…

– Virgile. Je m'en tamponne de tes bonbecs.

– C'est compréhensible.

Il s'ébouriffe les cheveux.

– Tu m'excuses ? J'ai pas l'habitude de passer autant de temps à la lumière. Ce n'est pas une raison. Je veux pas être un "gland" avec toi. Ni un "foutu menteur".

– Pourquoi ?

– Parce que.

Je dessine des trucs avec mes Doc. Pas prête à l'absoudre.

– J'exige mes trois réponses. Sans tricherie.

– Vas-y.

– D'où vous venez ? Ton espèce ?

– Vaste sujet.

Je secoue la tête ; il tend les mains devant lui.

– T'énerve pas, Bloom, je vais te répondre. En fait, c'est autant controversé que chez vous. Certains affirment qu'on a été créés par Dieu. Lilith, dans notre cas. Les sceptiques estiment qu'on est le fruit de l'évolution. Selon cette théorie, il y a les créatures pures, elfes, fées, démons, anges, sirènes… apparues au Pléistocène. Et il y a les hybrides. Les lycans, les vampires. Les hybrides seraient plus récents. Des métissages entre les créatures pures et les *Homo sapiens*. Personne n'arrive à se mettre d'accord. Ça polémique depuis des siècles.

– T'es en train de me dire que les anges existent ? Et les sirènes, et les… ?

– Oui.

Je me racle la gorge.

– Hmm… Question numéro deux. Tu dors dans un cercueil ?

Compliqué d'aligner trois neurones. En plus c'est rare qu'il coopère.

– Je préfère mon lit.

Il m'adresse un clin d'œil. Mes pommettes s'empourprent.

– Ultime question. Comment je fais pour te tuer ?

Virgile porte une main à sa bouche, se ronge les ongles.

– C'est ton projet ?

– Pas de triche, Virgile.

– Ce qui compte c'est le sang. Le mien est tiède, il refroidit non-stop. J'ai besoin de consommer du sang à 37 °C, sinon l'hémoglobine gèle et je ne survis pas.

– Gèle ?

– Les veines se brisent comme des stalactites, les artères explosent.

– OK…

– Il y a la décapitation, un classique.

– Les crucifix ? L'eau bénite ? Les chapelets ?

– Conneries. Les vampires précèdent l'éclosion de la religion catholique. Notre faiblesse c'est le cœur.

– Un pieu dedans ?

– Ça marche aussi. Là j'emploie le cœur au sens affectif.

– Sérieux ?

– Beaucoup de vampires s'éteignent de chagrin. Ils se détachent des choses, ils s'éloignent de leurs pairs. La solitude accélère le refroidissement du sang.

– Donc… le premier motif de mortalité chez les vampires, c'est la mélancolie ?

– Y a pas de psychotropes efficaces pour les morts.

Flash : les canines de Virgile tout à l'heure, au moment où il m'a empoignée.

La violence dans son regard.

Je me sens perdue, incapable de bredouiller le moindre mot.

Lui me sonde du bout des cils.

– Hé ho ?!

On se retourne d'un élan commun.

Une nana enfonce les poings dans ses hanches. Blonde, minijupe imitation cuir.

– Vous vous amenez ?

Virgile arque un sourcil.

– On a réalisé le bon rituel ?

Elle éclate d'un rire de pétasse.

– Quel rituel ? Fallait que quelqu'un vienne vous ouvrir. J'ai foiré le dernier jeu à boire, on m'a désignée d'office.

Méfiant, il se penche vers moi.

– Ça va ? Tu te sens d'y aller ?

– Moyen.

– Je te protège, Bloom.

La blonde s'impatiente.

– Ils sont très émouvants vos serments d'amoureux, franchement, mais je vous préviens, je n'ai pas l'intention de passer la nuit dehors.

Virgile soupire – énième fois.

Dans l'humus, mes Doc épousent l'empreinte de ses bottines.

6

Jimi Hendrix, *All Along the Watchtower*

Paris, mai 1968

Elle gémit, je prends appui sur les coudes pour me redresser.

Et je gémis aussi, le corps lourd, les paupières mi-closes. Sa chevelure cuivrée s'éparpille sur ses omoplates. Au milieu louvoie sa colonne vertébrale. Je la dessine de l'index. Ses hanches pivotent : elle va se retourner. En vitesse, je passe ma langue sur mes dents.

Il ne faut pas qu'elle voie. Le sang. Son sang à elle.

J'essaie de les mordre à la dérobée.

Dans le dos ou derrière l'épaule.

Sur le moment elles doivent penser à un suçon agressif.

C'est important que je me contrôle. Je n'ai tué personne depuis douze ans. L'impression de sortir d'un brouillard épais, de renouer avec ma sensibilité. Avec celui que j'étais avant. Je dois continuer. Lutter contre mes instincts, chaque jour. Quand je songe aux choses que j'ai faites. Aux choses que je pourrais lui faire, à elle. Ce serait facile. Indécemment.

– À quoi tu rêves ?

Son bras forme un angle sur l'oreiller, elle pose sa nuque dessus. Elle est jolie. Fraîche. Les filles m'évoquent des fruits. Celle-ci est une mirabelle. Sucrée, un peu écœurante. Juteuse.

Je ne suis même pas sûr de me souvenir du goût d'une mirabelle.

Alors j'embrasse la fille.

Lèvres vives, petites papilles dardées.

Et ces millions de mèches partout, qui frétillent. Ça me dynamise. Sans compter que je viens de me nourrir. J'ai chaud. Du feu dans les veines, dans le bas-ventre. L'effet de son sang.

– Encore ? Tu vas me tuer, Virgile…

J'enfouis la tête dans son cou, je le lèche.

– C'est une invitation ?

Ses cheveux tourbillonnent, le drap, son nombril. Elle se lève. Ses rotules sont fluettes, suspendues à des jambes délicates. Seul dans le lit, je refroidis déjà.

Je l'observe.

Elle enfile une robe en lin blanc, pas de sous-vêtements, noue une minuscule ceinture de cuir tressé sur ses flancs.

Moi, je tends le bras vers la table de chevet. J'attrape une cigarette. C'est elle qui les roule. Dedans elle met des feuilles de cassis, du tabac et une pincée d'herbe.

J'allume ma clope ; volutes opaques, laiteuses.

Au travers disparaît Mirabelle. Ses mots jaillissent de la pièce adjacente.

– Tu viens ?

C'est l'appartement de ses parents. Ils ne sont pas là, elle m'a confié qu'ils voyageaient beaucoup. Un bel endroit : parquet, murs hauts et vierges, moulures. Décoré de nos affaires écartelées, des mégots, des bouteilles de vin et des vinyles, il a davantage de caractère.

– Où ?

– Dehors ! Ça va commencer.

Depuis le mois de mars, la capitale bouillonne.

À ce que j'ai compris c'est parti d'un mouvement étudiant. La semaine dernière il y a eu le lancer d'un pavé. Puis des fumigènes, des lignes de jeunes accrochés par les coudes. Les ouvriers ont gonflé les rangs. Il paraît que le nombre de grévistes dans le pays se compte en millions. Les gens occupent l'Odéon, la Sorbonne. Ça hurle, ça scande, ça glousse.

La fille, je l'ai rencontrée il y a quinze jours.

Avant-hier elle m'a proposé de m'installer ici. Pour l'instant on est bien. On fait l'amour, on fume du cassis, on écoute de la musique, elle dort le jour, je la bois la nuit. C'est rare qu'elle me pose des questions. Juste, elle m'attrape par la main et on trottine dans les rues agitées. Ou elle me saisit par le col de ma chemise et je décrypte que je dois la déshabiller.

Ça pourrait durer.

À condition qu'elle ne sache pas ce que je suis.

– Virgile, dépêche !

– J'arrive.

Je racle ma clope à même la table de chevet.

Puis j'enfile mes fringues. Derbies effet crocodile, blue-jean, veste en daim. Je la laisse ouverte sur le pendentif qu'elle m'a fabriqué – des marguerites séchées, des capsules de bière. Ça fait des semaines que je ne coupe plus mes cheveux, plusieurs boucles me chatouillent les cernes.

J'entends la porte d'entrée.

Ses éclats de rire colorient le couloir. Afin de la rattraper il faut que j'accélère, que je dérape dans les escaliers. Elle ne prend jamais l'ascenseur. Elle emmerde l'ascenseur.

Ma mirabelle.

– Allez !

On s'envole, je réussis à chaparder sa main.

Nos pas claquent, au coin de la rue j'écarquille les yeux.

Il y a des flaques de flics à la lisière de sa robe. Des étudiants, des projectiles. Mille flammes orange lapent le ciel. L'origine du brasier ? Les carcasses de bagnoles à l'envers, devant les barricades. J'identifie les contours d'un type jouant du Jimi Hendrix à la guitare.

Il s'arrête.

Un pavé lui a déboîté la mâchoire. Son sang gicle, mouchette la ouate des grenades lacrymos. Et ça brûle autour. Des filles en trench-coats haranguent. Langoureuses, en colère. Ce bordel me réjouit, me donne faim. Les manifestantes. Si jeunes, avec les mêmes genoux grêles que Mirabelle. Elles sont éphémères. Déjà mortes, de véritables papillons. On dirait qu'elles n'en ont pas conscience. Ou qu'elles s'en fichent. Donc elles inventent des fables politiques, des conventions à déconstruire, des idéaux à piétiner. Les humains y croient, ça les obsède. Moi je sais. C'est pour grappiller du sens car bientôt il y aura le déclin, la maladie. J'en ai vu tellement s'élever, s'indigner, découvrir l'urgence des batailles. L'envie de crever par amour. Hargne de la jeunesse. Viennent les désillusions, ils vieillissent, s'affaiblissent, désirent le confort ou l'ennui. Certains se reproduisent, d'autres travaillent à l'épuisement. On sait où ça se termine. Cendres ou cimetière. Or leurs enfants sont là, emplis de hargne à leur tour. De certitudes. Eux, ils seront à part. Eux, ils seront meilleurs. Tu parles.

Génération après génération, j'assiste à la tragédie.

Physiquement je leur ressemble. Mais je suis loin. Un cadavre empli de givre.

– Ça va, Virgile ?

Je ne cours plus. Mirabelle hésite. Hausse les épaules. Je la perds dans la foule. Il me semble… que je ne la reverrai jamais. Je traîne. Je me sens si amorphe par rapport aux gens. En décalage. Mes yeux s'ancrent à la ligne d'horizon, ardente d'étincelles. Elles m'attirent, néanmoins j'ai la conviction de reculer. De me diluer dans le vide.

Ça ressemble peut-être à ça, s'éteindre.

Combien de temps je passe à errer ?

Aucune idée.

Soudain, un soubresaut.

Il démarre dans les lombaires et me ratisse les muscles jusqu'aux cervicales.

Elle est là, quelque part.

Pas Mirabelle. Elle. Hortense.

Rien qu'en pensées son prénom me fait mal.

Je presse le pas ; je la fuis.

En vain.

Il ne lui faut pas longtemps pour me trouver.

Sa silhouette se découpe entre deux voitures. Elle aussi paraît marcher au ralenti. Ce rythme des morts. Ses cheveux blonds flottent autour d'elle. Éruption volcanique. Elle porte une tunique à spirales. Le tissu léger sculpte le galbe de ses seins. Ses hanches graciles sont cintrées par un jean taille haute, large en bas. Elle est pieds nus. J'avais oublié. Le balancier mou de ses bras. Ses lèvres roses, charnues. Ses yeux transparents – un ciel de crépuscule.

Elle s'immobilise à dix mètres de moi, sourit.

Je suis fâché, évidemment. Malgré ça je souris en retour.

Hortense parcourt l'espace qui nous sépare.

Ma bouche est sèche. J'ai la sensation fantôme d'un cœur qui bat trop vite. Il y a méprise, mon cœur ne bat plus depuis deux siècles. C'est de sa faute.

– Tu as laissé pousser tes cheveux, Virgile ?

– Et toi tu t'es mise aux pantalons ? La dernière fois que je t'ai vue, tu favorisais les jupes.

– À la guerre comme à la guerre, mon Amour.

Elle m'effleure, je ferme les yeux. Un réflexe. Ses ongles descendent le long de mon cou, de mon torse. Je lui cramponne le poignet. Putain, sa peau.

– N'es-tu pas content de nos retrouvailles, mon Amour ?

Voix mutine. Je devine sa langue.

– C'est précisément pour ça que je t'ai quittée. Ne plus te voir.

Elle bombe la poitrine et, d'un geste dédaigneux, retire son poignet de mes doigts. Puis elle sourit à nouveau. Expire avec paresse.

– Tu me manquais. À quand remonte notre baiser d'adieu ?

– Vingt-sept ans.

– Oh ? Pile mon âge humain.

Hortense est morte la nuit de la Saint-Barthélemy. Elle a presque quatre siècles. Le double de moi. Elle est beaucoup plus forte. Plus agile. Plus endurante. Si elle le décide, elle peut m'exploser le crâne ou m'arracher les viscères.

– Pourquoi s'est-on disputés, mon Amour ?

– Mésentente politique.

– Hmm, c'est vrai. Toi et ta lubie de jouer les héros…

– La guerre saccageait le pays. Paris sous l'occupation était un cauchemar. Je n'en pouvais plus, il fallait que je parte, Hortense.

Ses sourcils ébauchent des virgules tristes sur son front. Une seconde, elle a l'air sincère. Blessée. Ça me donnerait envie de la consoler si je ne la connaissais pas mieux.

– "Hortense" ? Tu ne m'appelles plus "Marquise" ?

– C'est de l'histoire ancienne.

– Ne dis pas cela. Tu es si jeune. Élisabeth a résisté au début.

– Báthory ? Tu me l'as raconté une centaine de fois.

– L'exemple est adapté. Elle a passé des années à se combattre, à culpabiliser, à geindre. Jusqu'à l'épanouissement. Ce qu'on s'est amusées en Slovaquie ! Ce sera pareil pour toi. Tu as besoin de temps et je suis prête à t'en offrir.

– Tu ne comprends pas. Nous sommes différents.

– Différents ?

Elle porte les mains en coupe autour de mon visage.

– Tu es un vampire. Tu m'appartiens. Accepte-le.

Une fois de plus, ses doigts glissent sur moi. Mes clavicules, mon ventre. Les coutures de mon jean. Je serre les molaires afin de réfréner un soupir. Ne pas l'encourager.

– Mon Amour… que leur trouves-tu, aux humains ?

– Ils m'attendrissent.

Elle m'accule contre un mur. Je n'ai plus ma veste en daim. Son corps n'est pas juteux comme celui de Mirabelle. Il est ciselé, vigoureux. Une arme.

– Moi, ce sont les mulots qui m'attendrissent.

– Hortense…

– Tu m'as brisé le cœur lorsque tu es parti à Bordeaux. Puis outre-Atlantique.

– Tu savais où j'étais ?

– Je sais toujours où tu es, Virgile. Ton âme, c'est la mienne.

– Tu n'es pas venue me chercher…

– Non. Tu souhaitais te mêler aux farces humaines, je t'ai accordé ce caprice. Ce soir tu me déçois. J'avais l'optimisme qu'en trois décennies tu aies mûri.

– Ils comptent. Les humains comptent pour moi.

Elle me fixe.

– Ils sont une distraction, nuance. Ils te rattachent à ta condition d'avant, t'empêchent de réaliser ton plein potentiel. Quelle sottise tu as faite… quitter Paris en 1941 ! Un tel chaos régnait, je n'avais même plus à cacher les dépouilles.

Je la repousse.

– Tu vois ? C'est ça qui nous divise. Toi tu jubiles de les faire mourir.

– Pitié, ne nous querellons pas.

Elle glousse.

– N'es-tu pas nostalgique de nos vies ensemble ? Te souviens-tu de la Belle Époque ? Les lignes sinueuses des femmes, ces chignons qu'elles garnissaient de fleurs ?

– Beau début de siècle en effet ! La Première Guerre mondiale, la grippe espagnole…

– Certes, la saveur de ces fiévreux était infâme. Cela a dû influer sur nos humeurs. Tu boudais constamment à cette période. Surtout après l'épisode du garçonnet. "Marquise, je vous en conjure, permettez-moi d'abréger ses souffrances." Comment s'appelait-il déjà ?

Marcel.

Né d'un père fusillé dans les tranchées et d'une mère emportée par la grippe. Certaines existences sont grotesques de malheur. De lui ne me reviennent que des sons. Sa toux, ses plaintes. Le crissement de son squelette quand je l'ai asphyxié contre moi.

D'autres tableaux déferlent.

Nuit d'hiver, je suis glacé, Hortense m'enlace dans un bain, l'eau est rouge, constellée de pétales, ses mamelons s'écrasent dans mon dos, "ravive-toi mon Amour". Nuit d'automne, on s'aime à l'arrière d'une calèche puis on sacrifie le cocher. Nuit d'été, gifle de sa robe qu'elle ôte et me jette. Nuit de printemps, une stridence, c'est le bébé entre ses bras : il couine.

Je me tais.

Hortense caresse mes boucles.

– Laquelle de nos aventures as-tu préférée ?

– Tu veux la vérité ? Le quotidien avec toi est creux. Un tourbillon de parfums écœurants, de fantasmes dégueulasses. Avec de la musique en fond. Tes cruautés, du sexe, du sang. La musique change, toi tu demeures la même.

– Rabat-joie ! Te nourris-tu au moins ? Depuis quand n'as-tu plus eu une fille ? Une jolie brune aux lèvres rouges, c'est ainsi que tu les aimes, non ?

– Je…

Ma nuque bascule. Sa main droite a localisé un point très sensible de mon anatomie. De la gauche elle me taquine les lèvres, enfonce son pouce entre mes dents.

– Je me nourris. Mais je ne les tue pas.

Hortense me relâche, s'éloigne d'une foulée.

– C'est une plaisanterie ?

Son ton est acerbe, je me décolle du mur.

– Pas un meurtre depuis juillet 1956.

Elle accuse un tremblement.

– Imbécile !

Maintenant je me sens aussi féroce qu'elle. J'avance.

– Je ne suis plus ton esclave. Ni ton amant. Ni ton ami. Je ne t'aime plus. T'ai-je aimée d'ailleurs ?

Des larmes se pendent à ses cils du bas. Là encore, je ne dois pas tomber dans le piège.

– Comment oses-tu ? Je t'ai tout donné…

– Tu m'as tué, Hortense.

Elle rive le regard à ses pieds nus.

– Je t'ai sauvé.

– J'avais 20 ans, toi 200. Tu m'as séquestré. Drogué. Tu as fait de moi ce que tu voulais pendant des semaines. Tu m'as tué.

Au loin des coups de feu, des cris. J'attends qu'elle me saisisse à la gorge. Qu'elle me frappe. Non. Ses membres se détendent, elle ébroue sa chevelure et ça ressemble à la foudre.

– Je ne te propose pas de rentrer avec moi, je suppose ?

– Tu supposes bien.

– Quand nous reverrons-nous, Virgile ?

– Jamais.

– Alors adieu, mon cher Amour.

Elle fait demi-tour, sa tunique à spirales voltige. J'admire chaque détail : la cadence de ses fesses, le roulis de ses cuisses. C'est faux, je l'ai aimée. Hortense a été ma première. Elle m'a appris la vie, elle m'a appris la mort. C'est un monstre. Moi, j'essaie de m'améliorer.

– Oh…

De profil, son visage est magnifique.

– … je me suis servie dans tes placards. J'espère que tu me pardonneras.

Elle éclate de rire. Un rire sonore, abominable. Qui dit la joie de torturer.

Je cours.

Vite.

Les sirènes de police, les voix, les heurts… Ça forme des flèches qui me lacèrent. Vite. La porte de l'immeuble, j'y érafle mon épaule en tambourinant dedans. Vite, plus vite. Les escaliers. Je glisse. Si fort que je dois chasser le sol du bout des doigts pour revenir à la verticale.

Enfin j'arrive.

Il a un chuintement. Ce sont mes rotules. Elles s'abattent dans le parquet à l'instant où je m'effondre à genoux. Je ne tiens plus debout, je ne tiens plus rien.

Mirabelle gît sur les draps.

Ses cheveux cuivrés en cascade jusqu'au sol.

Paupières closes, expression paisible.

Deux trous rouges sur la jugulaire.

7

Rob Zombie, *House of 1 000 Corpses*

Je loupe une marche, mes doigts cherchent la rampe de l'escalier.

À la place ils trouvent la main de Virgile.

Du coin de l'œil je l'observe ; lui ne me regarde pas. Il jauge la blonde. Ou jauge ses fesses qui se tortillent sous sa minijupe. Je l'examine aussi. Escarpins, collants qui dévoilent des tatouages jarretières, corset noir et gants ornés de rubans. Ses cheveux jaunes, presque blancs, sont relevés en un chignon lâche tenu par plusieurs camées. Elle en porte un énorme en pendentif. Sa silhouette est osseuse, son épiderme diaphane hormis les lèvres sanguines.

– Vampire ? je murmure.

Virgile hoche la tête.

– Non.

La blonde stoppe, si brutalement que je manque de la percuter.

– C'est très malpoli. Chuchoter dans mon dos. On ne vous a pas appris les bonnes manières en surface ?

Ses yeux virent au rouge.

– Je suis Abrahel.

Sous le choc, Virgile se raidit.

– La rumeur… prétend que vous êtes morte.

– Je me tiens tranquille depuis 1581. Une ou deux combustions spontanées par-ci par-là, de la nécromancie pour me divertir. Rien de méchant. On peut considérer que je suis à la retraite. Le monde moderne me dégoûte. À mon avis, les religions monothéistes ont tout gâché…

Abrahel reprend sa descente.

Ça me fait flipper. Virgile la vouvoie, je sens qu'il lui doit le respect. Qu'elle est la plus puissante des deux. Jusque-là, c'était lui le monstre redoutable qui pouvait me casser en morceaux. Abrahel est la preuve qu'il existe pire.

L'escalier n'en finit pas. Pentu, en roche noire. Le couloir modèle un boyau autour de nous. Ses parois brillent d'une lueur ambrée à cause des lanternes en fer suspendues tous les trois mètres. Des bougies se consument à l'intérieur, projettent des ombres glauques.

J'ose une œillade pleine de questions à Virgile, qui baisse le ton.

– Abrahel est une succube. Un démon femelle, servante de Lilith. À l'Antiquité elle a fait des ravages. Elle séduisait ses proies et les dévorait. Son obsession, c'est les fœtus. Elle pénètre le corps des femmes et les grignote de l'intérieur.

J'avale ma salive. Qu'est-ce que je fous là ?

Je crois qu'en plus de mes problèmes familiaux, j'ai passé trop de temps à lire des articles sur la crise climatique. Avoir l'apocalypse en perspective, ça gomme les réticences. Donc on se sent libre. Récemment j'ai pris beaucoup de décisions basées sur cette idée. Les tatouages, flinguer mes partiels. Fuguer avec un vampire. Rallier une secte de bouffeurs d'embryons.

– Pourquoi elle a l'air d'une nana de 20 ans ? C'est sa vraie apparence ?

– Elle doit habiter la charogne d'une de ses victimes.

– J'ai tenté les hommes au Moyen Âge. Or je reviens toujours aux filles. Tellement de choses me captivent chez elles.

Abrahel pivote et me fixe.

– Leur façon de me vénérer. La douceur des peaux. Le parfum des cuisses.

Virgile s'interpose. Un son granuleux s'échappe de sa gorge, ses canines s'allongent. Abrahel lui saisit le menton, appuie sur ses dents avec le pouce. Moi ? Je suis en apnée.

– Range ça, vampire.

Il obéit avant de se dégager.

– Adorable. Malpoli, mais adorable.

Les escaliers s'achèvent dans un passage exigu, ponctué d'une porte à double battant. Elle est recouverte de fioritures en acier, de mécanismes étranges. Abrahel pousse les poignées.

Grincements métalliques, puis…

… une chaleur à crever, des rires, une musique assourdissante.

– Après vous.

Virgile n'a pas lâché ma main. Merci. Aveuglée, je lui emboîte le pas.

La pièce est gigantesque, style gymnase.

La musique émane du fond : un groupe sur une estrade. Alentour c'est le chaos. Les mêmes murs en roche noire, les mêmes lanternes. Des banquettes en cuir, des lustres à breloques, des colonnes. Un bar longe le pan droit. Les bouteilles et les verres – certains coiffés de flammèches – s'y entrechoquent. Au bout des boissons remuent des gens. Ils arborent des bijoux en pointe, des tatouages, des piercings. J'agrippe des flashs. Un violon sur une épaule, des masques en dentelle, une fille en lingerie sous une cape de satin. Elle me sourit derrière sa capuche.

On suit Abrahel jusqu'à une table à l'écart, près d'une colonne.

Je suis choquée par un vase... monté sur un crâne. Dedans fanent des lys, aussi sombres que le lieu. Trois verres à côté, remplis de vin rouge. Du moins, j'espère que c'est du vin.

Les banquettes sont occupées par deux garçons, devant lesquels Abrahel s'arrête. Le premier malaxe ses longs cheveux bouclés. Il est vêtu d'une chemise à jabot et d'un slim. L'autre porte un t-shirt simple et un jean déchiré. On dirait qu'il est constitué d'angles improbables : son pied droit sur son genou gauche, sa tignasse hirsute en équilibre dans sa main, elle-même en équilibre à l'extrémité de son coude, calé en hauteur sur le dossier en cuir.

Les garçons saluent Abrahel, puis "Jean Déchiré" nous désigne.

– C'est qui ?

Abrahel fait volte-face.

– Merde, vous allez me coller toute la soirée ? Deux petits chiots ?

Virgile serre les poings.

– Qui est en charge, ici ?

– Nico.

– Je veux le rencontrer.

Abrahel croise les bras, s'esclaffe. Les garçons pouffent en silence. Le chevelu avec une mimique de garce, “Jean Déchiré” en se passant la paume sur le torse, désinvolte.

– Nico n’est pas un “il”. Et on ne la sollicite pas comme ça.

Des syllabes maniérées valsent par-dessus la musique.

– Présente-nous tes nouveaux joujoux, ils m’intriguent !

Le chevelu. Il a la mâchoire carrée, des traits sertis de grains de beauté. Un menton en forme de cœur. C’est sans doute prématuré ou injuste, mais je ne l’aime pas.

– Vous les présenter ? Je ne sais même pas qui ils sont.

– On peut se débrouiller.

Virgile est crispé, encore plus pointu que d’habitude. Si c’est possible, sa voix a perdu trois octaves.

– Je m’appelle Virgile, je suis un vampire. Elle c’est Bloom. Mon humaine.

Ce possessif me chamboule. Nouveaux gloussements. Abrahel reprend la parole :

– Hm-hm. On part sur nos CV respectifs ? D’accord. Hugo est un fantôme.

Le chevelu bat des cils, la dentelle de sa manche ondule.

– Je préfère le terme “dandy”.

C'est là que… sa dentelle… elle clignote, s'estompe jusqu'à s'effacer. Ainsi que son poignet, ses chevalières, une partie de ses cuisses. Abrahel contourne la table et s'installe sur ses genoux. Elle minaude, lui caresse le visage. Ce qu'il en reste.

– Je t'ai vexé, Hugo mon chou ?

– Tu me vexes trois fois par nuit…

Hugo pose son front contre la poitrine de la succube. Peu à peu ses limites réapparaissent, angéliques et crémeuses. De la porcelaine. Hugo est une jolie poupée. Morte.

Abrahel continue :

– Monsieur le romantique s'est suicidé en 1839. Chagrin d'amouuur.

– Elle s'appelait Aliénor. La beauté d'un matin après l'orage. J'aurais dû me protéger. Or Musset a écrit que nul ne se connaît tant qu'il n'a pas souffert.

– Si Musset l'a écrit !

Quelles hormones sont sécrétées par mes cellules ? Dopamine, cortisol, endorphine ? Disons que je me juge relativement cool, en dépit des circonstances. Mature.

– Et lui ?

Le type aux angles sourit. Quatre incisives, deux canines fièrement alignées.

– C'est…

D'un bond, il s'approche et enchaîne.

– … Liam.

Muscles précis, nombreux. Il m'attrape la main pour l'embrasser. Sa barbe de trois jours m'égratigne, sa peau est chaude. Presque brûlante. Je sens Virgile se tendre.

– Je suis un lycan. Un loup-garou, si tu veux.

– Oh.

Répartie 8.0. La bouche de Liam se fêle d'un rictus.

– Ça ne fait pas longtemps que je suis ici. Une vingtaine de cycles lunaires.

– Tu étais où, avant ?

– Avec ma meute. Je les ai quittés, j'en avais assez du braconnage.

– Tu manges des… ?

Mon bras retombe sur ma hanche, il vient juste de me le rendre. Ses yeux ont la couleur du chocolat. Ils sont vissés dans les miens. Ça me met mal à l'aise.

– Des petits mammifères, du gibier. Mais il m'arrive de m'accorder des friandises.

Virgile esquisse une foulée nerveuse vers lui. Il le dépasse d'une dizaine de centimètres. Liam n'est pas intimidé. Lentement, il décroche son attention de moi et lui fait face.

– C'est qui ceux-là ?

Une fille cheloue nous a rejoints.

Sa coiffure est indéfinissable. Une déflagration de mèches roses, bleues, vertes, violettes. Elle porte un microshort à franges, un pull turquoise. Ses manches retroussées révèlent des tatouages façon aquarelle. Le plus perturbant c'est la couleur de ses yeux. Gris lune.

– Bonsoir Dylane.

La nouvelle venue lève son verre à Abrahel. Enfin… son "verre". Elle est armée d'une bouteille de cidre surmontée d'une paille.

– Dylane est une sirène.

Je suis muette. Conne.

– Chouette ce prénom. Dylane.

– C'est gallois, ça veut dire "grande marée". En tout cas je suis soulagée que tu valides mon blaze. Ça m'enlève un poids, tu peux pas savoir.

Il faut que je réplique un truc, n'importe quoi.

– Tu te nourris de poisson, j'imagine ? Ou de crustacés ?

Elle me toise, je me sens dans les vapes. Soûle. Ses paupières – maquillées de fard blanc – sont si basses que je distingue à peine ses pupilles.

– Ouais. Totalement. Ça égaye les algues.

Sa main libre plonge dans un bol sur une table adjacente. Elle attrape une poignée de quelque chose, l'enfourne. Des cacahuètes. Je devrais cesser de parler. Dylane cille.

– Vous les avez ramassés où, les guignols ?

Virgile va riposter, pile à l'instant où un homme nous interrompt.

Chemise en mousseline, bottes de cavalier et ongles plus soignés que les miens. Il porte un tricorne sur ses longs cheveux nuance cacao, maintenus par un ruban de soie. À sa ceinture est attaché un fourreau. Dedans, une épée. C'est idiot, je n'en avais jamais vu en vrai.

Est-ce qu'il s'en sert souvent ?

Et lui, c'est quoi comme créature ?

Un zombie, une goule, le Père Fouettard ?

– Vous. Le vampire et la fille. Vous devez me suivre.

– Où ?

Virgile est à cran. Bon, ce n'est pas un garçon très sociable à la base mais ce premier contact avec les autochtones aggrave son cas. Je suis à cran aussi. Je pense à la forêt au-dessus de nos têtes, à la voiture dans le parking, au ballon de baudruche sur la banquette arrière.

Je pense à la dame de l'office du tourisme.

– Nico vous convoque.

Virgile m'enserre le coude. Je pense à la fin du monde et à ses cils.

Le type nous guide vers la sortie, on se met en marche.

8

Perfume Genius, *Queen*

– C'est ici.

L'homme déploie sa manucure en direction d'une porte. Virgile lui jette un regard méfiant et pose les doigts sur la poignée – un bouton de cuivre ciselé en forme de rapace. Moi, j'essaie de ne pas me déclencher d'AVC. De ne plus réfléchir. À rien ni personne.

On entre.

La première chose qui me frappe, c'est l'odeur. Je fronce le nez discrètement et ravale une quinte de toux. Des bouquets de mimosa explosent partout, les milliers de pompons jaunes débordent depuis des vases-crânes. Sur les rares meubles – un bureau et une étagère – crépitent une quinzaine de bougies aromatisées au miel. Un feu de cheminée dévore des bûches en arrière-plan, ses flèches orange répandent leurs effluves âpres et corsés. Le problème de ce parfum d'ambiance, c'est la quatrième note. On dirait de la viande. En décomposition.

La porte se referme ; claquement sec.

Virgile croise les mains.

– Bonsoir.

Il est droit, impassible. Des plis plein le t-shirt. Sourcils haussés, boucles en friche, demi-sourire. Oui, égal à lui-même. Ça me rassure. En face, une femme d'une trentaine d'années brandit l'index dans les airs. Son geste est empli d'autorité, sans appel.

– Attendez.

Elle ferme les paupières, trace des volutes invisibles.

– J'adore cette chanson…

Assaillie par l'arôme de steak, je n'avais pas remarqué la musique. Un vinyle tourne sur sa platine, au milieu de l'étagère. À côté trônent des objets de collection. Plutôt craignos. Des dagues, des plumes, des cristaux et des bidules occultes que je refuse d'identifier.

La femme ourle la bouche de plaisir.

Virgile et moi, on échange une moue perplexe. Puis je reporte les yeux sur elle. Ses cheveux roux crantent à l'orée de ses tempes, des bijoux tiennent les mèches. Son corps est svelte, résolu. Mis en valeur par un pantalon chino noir, surmonté d'un chemisier dos nu lamé or. Sur le refrain de la chanson elle bat des cils, l'occasion de découvrir que son iris aussi est lamé or.

– Je vous écoute. Que fichez-vous chez moi ?

Son inflexion sonne innocente et aiguë, celle d'une fillette.

– Je me nomme Virgile. On m'a transmis le don nocturne en 1758. Je vis seul depuis huit décennies et…

– Un vampire, hein ?

Elle fait le tour de son bureau. Ses pieds sont juchés sur des escarpins si fins qu'il faut les deviner. À l'exception des talons : douze centimètres. Pourtant elle se déplace avec souplesse. Lorsqu'elle se fige au niveau du miroir mural, son reflet doré m'éblouit.

– Tu es jeune.

– Bientôt 300 ans.

– C'est ce que je dis.

En trois enjambées elle est sur lui, glisse les poings dans les poches de son chino.

– Tu n'as pas idée de l'âge que j'ai, moi.

– Si j'osais vous le demander, m'en voudriez-vous ?

Le timbre de Virgile a vibré dans la pièce, rauque. J'en ai des frissons. La femme sourit. Ses lèvres sont pulpeuses, maquillées de noir. Elle oblique, fait les cent pas.

– Je m'appelle Nicothoé, mais on me surnomme Nico. Je suis une harpie. Mes deux sœurs et moi sommes les filles de Typhon, le Titan des vents et des tempêtes. Pendant longtemps, nous avons vécu sur les côtes du Péloponnèse. Bien que le poète Virgile ait prétendu que nous habitions aux Enfers.

Elle s'arrête, une pointe de pied en extension, caresse son bureau.

– C'est drôle, ton prénom… J'espère que tu ne me nuiras pas.

– Uniquement si vous l'exigez.

Elle glousse.

– Je conçois que les hommes nous aient redoutées, mes sœurs et moi. Notre rôle était de punir. Nous chassions l'orgueil, la démesure, les passions. Chacune des faiblesses de l'âme. Selon la mythologie grecque, nous sommes les divinités de la vengeance.

Curieuse, j'interroge :

– Quand vous dites que vous "chassiez", c'est littéral ?

Dix secondes de silence peuvent peser lourd. J'entends les bûches se lamenter, le grésillement de la musique, mes propres battements de cœur asynchrones. L'expression de Nico n'a plus cette indulgence qu'elle offrait à Virgile. Je deviens minuscule, encombrante, méprisable. Un insecte. Ou une déjection canine.

– Qui est-ce ?

– Mon humaine.

– Pourquoi t'accompagne-t-elle ?

– J'en ai besoin. Afin de me nourrir.

Questions et réponses fusent, se succèdent comme des coups de fusil. Nico ne me lâche pas du regard. En prenant une profonde inspiration, elle joint les doigts.

– Je ne constate pas de traces de morsures.

Virgile accuse un déséquilibre.

– Cachées. Sur une partie de son anatomie que la pudeur m'empêche de vous exposer.

Nico lève le menton. Elle hésite, replonge lentement les mains dans ses poches.

– L'admission chez moi se mérite, vampire. Pour cette nuit je t'accorde une chambre. Or si tu veux rester, tu devras faire tes preuves.

– Je m'y engage.

– Dès demain, nous testerons tes capacités physiques et mentales. Nous estimerons ta loyauté. À l'issue de ces évaluations, nous déterminerons si tu as ta place chez nous.

Virgile ploie en une révérence.

– Je vous suis infiniment reconnaissant.

– Arnold va te conduire à ta chambre.

– Arnold ? C'est germanique. Ça signifie "aigle", non ?

– En effet. Arnold est un métamorphe. Mon serviteur dévoué depuis plusieurs siècles.

Ces bavardages paraissent détendre Nico. Virgile sourit. Avec les pommettes et les cils et les lueurs multiples. Je sais qu'il se montre charmant en vue de nous éviter une fin sanglante, ici dans ce bureau. Quand même, ça me gave. Jalousie de peste. Pas une fois Nico ne s'est adressée à moi. J'ignore si c'est le voyage, la fatigue ou un mélange des deux mais… j'articule :

– Vous ne m'avez pas répondu. Concernant la chasse.

Une douleur pulsatile me vrille les chairs.

Sans capter ce qui m'arrive, je suis contre le miroir. Dans mon dos il y a… une abomination. Ses serres sont plantées dans mes bras. Ses ailes décharnées battent rageusement. Plumes grisâtres, genre vautour. La figure de Nico est là, à quelques millimètres. Accrochée à la carcasse du monstre. Oh, cette puanteur infernale ! Elle émane de sa gueule.

– Tu oses m'interpeller ?

Nico a craché, son haleine carnée envahit mes poumons. Une partie de ses serres s'enroule dans mes cheveux et me bascule la tête sur le côté.

L'extrémité d'une serre plus grosse appuie sur ma jugulaire. Mon pouls la fait rebondir, ça suffit à m'écorcher la peau.

Voilà, je vais mourir.

Cette nuit.

Virgile s'éclaircit la voix.

– Veuillez excuser mon humaine. Elle n'a plus mangé ni dormi depuis hier. Vous savez comment ils deviennent…

Une larme mouille ma joue. Nico me libère. Un vertige… je me sens… m'affaisser vers l'arrière. Virgile me soutient par la taille. Nico est assise à son bureau. Ses ailes rétractées. Elle porte une main à sa coiffure, de l'autre elle lisse son chemisier. Olympienne.

– Arnold ?

La porte s'entrebâille, un aigle vient se poser sur l'étagère.

– Emmène notre hôte à ses appartements.

L'aigle pousse un cri perçant, s'envole.

– Merci pour cette opportunité, Nico. À demain.

Dans le couloir on enjambe une chemise en mousseline, des bottes de cavalier et un tricorne.

Les fringues d'Arnold.

Arnold l'aigle métamorphe, serviteur de Nico la harpie qui a failli me dézinguer il y a moins d'une minute. Mon perfecto est lacéré. Des gouttes de sueur titillent mon cuir chevelu.

– Bloom, qu'est-ce qui t'a pris de la provoquer ?

– Voyons… ? Avec les derniers événements, je me permets de péter un câble ? Je suis navrée que tu trouves ça inconvenant…

– Ralentis l'arrogance. Ça m'exaspère, mais eux ? Ils vont te trucider. Si c'est ça que tu veux, dis-le-moi. Je m'en charge, on gagnera du temps.

Je ne rétorque pas, je marche liquide. Flagada. Arnold plane, décrit une volte devant une porte. Ses serres lâchent une clé au sol. Puis je perçois un bruit derrière nous.

– Je retourne auprès de Nico.

Arnold se barre. À oualpé. Je suis ébahie.

– Il est étonnamment imberbe. Pour un aigle. Je pensais que…

Virgile soupire en m'entraînant dans la chambre. Mes Doc et les pieds qu'elles contiennent, mes membres, mes organes… la totalité de ma personne a pris une consistance de crème dessert. J'observe la pièce. Assez classique. Mobilier en bois, armoires, lit king size aux couvertures de satin pourpre. Une deuxième porte donne sur une salle de bains plutôt luxueuse – du marbre noir, une douche à l'italienne. Un détail me fait écarquiller les yeux.

– Nos valises, regarde !

Je pointe les bagages entassés dans un coin.

– Ils n'ont pas mes clés de voiture. Et comment ils ont su où elle était garée ? Me dis pas qu'ils ont des elfes de maison ou un truc à la con du style ?

– Des quoi ?

– Tu ne connais pas *Harry Potter* ?

Il me rejoint. Pose une main sur mon visage.

– Ça va ?

– Je… ouais.

– T'es pas obligée de mentir.

– J'ai eu… très peur.

– Pareil.

Ses phalanges creusent mes cheveux. Direct, je retiens mon souffle. Son majeur effleure l'égratignure dans mon cou. Ce contact me fait sursauter. Virgile retire son doigt… il le porte… à sa bouche. À cause du sang. Je déglutis. Il me semble que… ses pupilles se dilatent. Ça me fait trembler les genoux. Fort. *J'aimerais enfoncer mes ongles dans tes omoplates.* Sans transition il s'empare d'un oreiller qu'il balance sur le parquet.

– Qu'est-ce que tu fais ?

– Je m'installe.

– Tu… OK.

J'inspire, j'expire.

– Ça te plaît, cet endroit ? Outre la harpie hystérique ? T'as l'intention de squatter ?

– Je sais pas. Y a beaucoup de règles, de codes. J'ai l'habitude d'être indépendant. Si je réussis leurs tests j'aviserai. Sinon, je repars avec toi.

Je n'avais pas encore songé à ça. La suite. Après le road-trip en bagnole volée. Ça y est, il a décidé du programme : on passe trois ou quatre jours ici, en veillant à ne pas être tués, et s'il choisit d'intégrer la joyeuse communauté, je rentre. Nulle part.

– Virgile ?

– Ouais ?

– Tu veux pas dormir dans le lit ?

– Pour ?

– Qu'on soit proches.

Il déroule son corps pointu. Déjà un par un, les éléments me bouleversent. Les boucles, le t-shirt, les veines du cou. Alors dès qu'ils se mettent en mouvement tous ensemble…

– Bloom, tu me proposes quoi, là ? Tu veux qu'on…

Non. S'il prononce les mots je vais m'évanouir.

– Tais-toi. Je dois essayer de me déclarer. Sans que tu me coupes ou j'aurai pas le courage.

J'enfouis mon regard dans le parquet ; mes poings dans les poches arrière de mon slim.

– Pourquoi je suis venue ? Sérieux, faut être suicidaire. Je suis une humaine cernée de croque-mitaines dont la cheffe a voulu m'égorger. Au départ je devais m'éloigner d'Élise. En plus la fac c'est relou. Une putain de désillusion. On ne va pas se leurrer, j'ai sélectionné ce cursus vu que je suis hyper instable. Et voir les amphis remplis de dégénérés, de paumés, de névrosés… C'est très peu rassurant pour l'avenir de la psychologie en France.

– Bloom.

– Y a pas que ça. La véritable raison, c'est toi. Tu ressembles à ces chansons qui sont tellement belles qu'elles font mal, tu comprends ? Celles qui donnent envie de fumer une clope en fixant le vide. Celles qui font pleurer quand on n'est même pas triste.

– Bloom…

Il parle de plus en plus bas à chaque fois qu'il répète mon prénom. Ne reste qu'un murmure. Mon champ de vision réduit. Une dizaine de centimètres de parquet. J'ai compté chaque interstice, chaque poussière. Progressivement, la pointe de sa bottine s'invite au tableau.

– Bloom, regarde-moi s'il te plaît.

Je n'ai pas exagéré avec mon histoire de chansons. La proximité de Virgile me fait souffrir. Au ventre, en plus ça m'écrase la cage thoracique.

– La dernière fois que je me suis impliqué avec une humaine, ça s'est mal terminé.

– On me l'avait jamais faite…

– Quoi ?

– Me reprocher d'être humaine.

– Je te reproche rien. C'est plus compliqué que ça.

Je suis mortifiée, merdeuse, monstrueusement humiliée. Y a aucune façon de formuler ce qu'on ressent à cet instant-là. Le monde entier s'habille de crasse. C'est de la boue d'espoir, c'est de la poussière de cœur pilé. Celui qui pourrait me consoler se tient devant moi. Il vient de dire non. Je tressaille. S'il avait dit oui. On serait nus sous les draps peut-être.

– "C'est une folie de haïr toutes les roses parce qu'une épine vous a piqué."

Virgile plisse le front, je précise :

– C'est Saint-Exupéry qui a écrit ça dans *Le Petit*...

– *Le Petit Prince*, oui. Je situe.

– Einstein, lui, prétend que la folie c'est de toujours se comporter de la même manière en souhaitant un résultat neuf. Qu'est-ce qu'on est censés faire, nous ?

Virgile hausse les épaules.

Il y a de la peine dans ses yeux. Une peine grise, gracieuse. C'est comment, l'embrasser sur les lèvres ? Je préfère enlever mon perfecto, mes pompes. Me cacher entre les couvertures. Elles sentent bon.

Lessive et adoucissant. Ça atténue presque l'odeur de viande avariée. Presque.

J'entends Virgile bouger, le parquet gazouille.

Dommage. Cette nuit ça m'aurait réconfortée d'avoir quelqu'un contre qui me blottir. Je suis sûre que son parfum à lui, la frangipane et la peau et le jean, serait venu à bout de la puanteur.

– T'as mal ?

– Hein ?

– Tes blessures. Je peux les soigner.

– J'ai sommeil.

– Ça ne prendrait qu'une minute.

– J'ai sommeil.

– D'accord. Bonne nuit Bloom.

– Ouais.

Malgré l'épuisement je ne m'endors pas.

Virgile doit me croire assoupie au moment où il se lève et remonte les draps sur moi.

Au moment où il me touche la hanche en murmurant qu'il est désolé.

9

Quand je me réveille Virgile est déjà parti.

Molle, je m'extirpe du lit. Mon sac dégueule quelques tenues que je me résous à trier. Des t-shirts, ma robe d'amour, deux pulls, des slims, un caraco noir et des sous-vêtements – glamours ou moches. Je range ma trousse de toilette dans la salle de bains, je branche le chargeur de mon téléphone. C'est frivole, ces rituels. Je ne suis pas dans un Airbnb coquet ni à l'hôtel. Je suis sous terre avec les morts. Et il n'y a évidemment pas de réseau.

Tant pis.

Ce soupçon de normalité me soulage, même si c'est moi qui l'invente.

Je me déshabille, direction la douche. On est dimanche. Je ne me suis pas lavée depuis vendredi soir. L'altercation avec Élise. Ma fugue. J'allume le robinet, ça chasse les images. En pluie l'eau me lèche la nuque, les vertèbres. Une buée opaque emplit la cabine. D'un coup je grimace. Mes bras. Trois entailles parallèles les souillent au-dessus des coudes. L'attaque de Nico. Machin sinistre, mi-femme mi-vautour. Non... si je bloque sur son souvenir, l'odeur va réapparaître. J'attrape le savon et je masse mes plaies. Ça m'irrite. Pas grave, je les nettoie puis je shampouine mes cheveux. L'eau coule en rouge et sale sur mes orteils.

Je sors de la douche, je m'essuie.

Aujourd'hui ma culotte sera moche : imprimé fraise. Par-dessus j'enfile un slim propre et un t-shirt. Au fond de mon sac patiente une trousse de secours. J'ai toujours plus ou moins mal au ventre, ceci explique cela. J'y dégote une compresse et du désinfectant, de quoi soigner mes bras. Retour devant le miroir. J'enroule les pansements autour de mes blessures.

Ensuite je me parfume, trois touches de *Bloom* par Gucci.

La fragrance m'apaise immédiatement. Elle est familière, logique. Elle date de quand les choses suivaient leur cours, en début de semaine. Après j'ai collectionné les événements qui ressemblaient à... à quoi ? Ni au passé, ni à l'idée que je me faisais du futur. Juste des anomalies que je dois tenter d'identifier comme le présent. Je m'observe. Des cernes violets font ressortir le vert de mes yeux.

Hop, une couche de rouge à lèvres. Y a du mieux. C'est bête : j'aime bien avoir des pansements. Ça donne un genre guerrière. Un genre nana abîmée.

Je rôde dans la chambre. Contre le parquet, l'oreiller de Virgile. Je pourrais enfoncer le nez dedans, respirer la frangipane. Bof, je me trouve suffisamment pathétique ce matin. Avant de quitter la pièce, je pose mon perfecto à trous sur mes épaules, je chausse mes Doc fleuries.

Et je passe mon appareil photo autour du cou.

J'ouvre la porte, Arnold se tient sur le seuil.

– Euh... bonjour ?

– Bonjour mademoiselle Bloom.

– Vous savez où est Virgile ?

– Oui. À la salle d'entraînement.

– D'accord.

– Troisième à gauche au quatrième niveau.

Je le dévisage. Sa chemise en mousseline, ses bottes, son épée. Rien n'indique qu'Arnold est un aigle de prime abord. Mais je suppose que c'est un stéréotype.

– Vous êtes à trois cents mètres de votre destination. À vol d'oiseau.

Il me sourit, un sourire malicieux. Je m'étonne d'avoir envie de pleurer. C'est la première fois qu'on se montre gentil avec moi à Brocéliande.

– Merci Arnold.

– Passez une belle journée.

Je m'élance dans le labyrinthe. Les bougies se consument, la roche noire scintille. Jamais de soleil ici. Je n'ai pas la moindre idée de l'heure qu'il est. Si j'en crois les jérémiades de mon estomac, il est midi multiplié par la racine carrée de mon jeûne involontaire.

J'enchaîne des escaliers, des virages.

Puis je me laisse guider par les voix.

Ça harangue, pas loin sur la gauche ; j'accélère.

Alors je discerne du mouvement. Vif, saccadé. Des gens s'énervent, hèlent. Je vois mal dans la pénombre. Est-ce… une sorte de ring ? Oui, je pense. Des sacs de frappe pendent du plafond. Il y a des instruments biscornus. Des armes rangées sur des étagères. Des miroirs, des barres comme dans une salle de danse. Toujours ces lanternes par centaines. Le ring est surélevé, deux silhouettes s'y affrontent. Une trentaine de personnes s'attroupent derrière les cordes.

Ça ne me surprend pas de reconnaître Virgile – de dos, sans t-shirt. Dans les séries, la fille tombe souvent des nues à ce moment-là. S'il faut pas être conne !

Les talons de Virgile foulent une poussière moite. Ses bras bourdonnent de muscles en colère, son jean épouse ses tentatives d'esquive. De près. J'avance, sans pénétrer dans la pièce. L'adversaire de Virgile se déplace si vite… c'en est inhumain. Forcément : sarouel noir, brassière, chignon jaune. Abrahel. Les poings fermés, en garde, elle tournicote autour de lui. Assène des uppercuts de temps en temps. Ils pivotent encore. Je découvre Virgile de face. Ses boucles luisent, ses cernes sont émaillés de veinules et de pépites rouges. Il a la bouche entrouverte, les canines dehors. Et du sang partout. Sur le menton, le torse, les avant-bras.

Je vacille.

Abrahel me remarque.

– Tiens, voilà ta groupie !

Une seconde, Virgile fixe ses yeux sur moi. Je n'y décèle plus d'eau. Juste des pupilles intenses, hallucinées. Abrahel l'enlace et renverse leurs deux corps avec une force incompréhensible. Elle s'assoit sur lui, au niveau des pectoraux, pose un orteil conquérant sur sa trachée.

– Va-t'en, Bloom. Tu vas le faire tuer.

Liam me rejoint en trottinant.

– Je m'occupe d'elle !

Incapable de me détacher du combat, j'apprends que les vampires transpirent. Bizarre. J'apprends que les vampires peuvent douiller et gémir. Quelle est la saveur de sa sueur, à Virgile ? Sel ? Frangipane ?

Il halète, frappe Abrahel. Qui le plie en deux d'un coup de genou dans le buste. Virgile se redresse, empoigne la succube. Du sang gicle. Ça applaudit.

À côté de moi, Liam s'ébouriffe.

– Sérieux, viens.

Je me concentre sur le lycan. Chemise de bûcheron, coiffure à la dynamite. On emprunte des passages obscurs, des trappes, des volées d'escaliers. Je suis hagarde. Absente.

On marche longtemps, jusqu'à ce que…

… des lueurs nous cinglent les joues.

J'inspire à m'en faire imploser les bronches.

L'air est givré, chargé d'odeurs végétales. On passe des grilles suçotées de rouille. Derrière un tertre se déploie la forêt de Brocéliande. Orange, verte, brune. Des rayons rebondissent contre les écorces, incendient la mousse. Des nuages chatouillent les frondaisons.

– C'est magnifique.

Liam acquiesce. S'engage à pas prudents entre les racines. Je lui file le train.

– Qu'est-ce qu'on fait si on croise des promeneurs ?

– On se promène.

Je tire une moue.

– Bloom, c'est pas écrit sur mon front que je suis un lycan.

En silence, on continue à vadrouiller.

– Ça ressemble à quoi, une meute ?

Liam me jette un sourire.

– Ça ressemble à quinze loups dirigés par un couple Alpha. On dort, on joue, on chasse. On se protège les uns les autres et on éduque les louveteaux.

– Je voulais dire… ça ressemble à quoi sous forme humaine ?

– À la même chose. Une famille.

– Vous viviez où ?

– Quand j'étais petit, en ville. Je ne m'en souviens pas des masses. Mon oncle a repris le leadership de la meute au décès de mon père. Cancer du foie.

Il évite mon regard.

– Désolée.

– Mon oncle, il était plus féroce que mon père. Dès qu'on s'est établis dans la forêt, il a brûlé nos fringues en beuglant qu'on n'en aurait plus l'utilité. Qu'on avait l'interdiction de prendre forme humaine. Moi j'étais louveteau, je contrôlais moyen. Un soir ils sont retournés en ville, lui et des Oméga. Dans un bar. Ils ont ramené des filles. La meute comprenait pas, maman râlait… Mon oncle a décrété qu'il était temps. Les jeunes ont dû manger les filles.

Liam se tait.

J'hésite à le toucher, je n'ose pas. Il doit le sentir, c'est lui qui me touche. Une main dans les cheveux. L'air de dire : *T'inquiète pas.* On repart. Je m'accorde des pauses, je prends en photo les détails. Une coccinelle sur un champignon, le ciel yaourt, les camaïeux de brindilles.

La lumière qui saisit la chair de poule de Liam.

Il a plusieurs tatouages sur la face interne du poignet. Des croissants de lune.

– T'as pas froid ?

– J'ai jamais froid. Pareil que ton mec.

– C'est pas mon mec. Pourquoi tu m'as emmenée ici ?

– Toi et moi, on est davantage à notre place dehors. Tu dois avoir faim ?

– Ouais, carrément !

Des scénarios horribles s'imposent. Lui pistant une adolescente, lui faisant cuire sa dépouille dans un feu de bois, moi croquant l'extrémité d'une cuisse sanguinolente.

– Il y a une boulangerie à la sortie de la forêt.

– Ah.

– C'est mieux si tu ne zones pas en dessous. Les prochains jours vont être difficiles.

– C'est-à-dire ?

– Ce que t'as vu ce matin c'était soft. Les blessures physiques guérissent vite. Surtout chez les vampires. Le reste, en revanche…

Je ne réponds pas. Je ne réponds pas parce que je grelotte de haut en bas. La faute aux bourrasques. En me frictionnant, je hurle. Hugo vient de se matérialiser.

– Oui, ils vont le torturer ! Ça fait un bail qu'ils n'ont pas eu de viande fraîche…

Le fantôme se glisse au milieu de Liam et moi, nous attrape par les coudes. Comme si de rien n'était, on reprend notre route.

– Tu l'aimes ?

La voix d'Hugo est insupportable.

– Pardon ?

– Ton vampire. Tu l'aimes ?

– Non. Je me fais du souci, c'est autorisé ?

– Ma chère, je suis un spectre de 202 ans et j'ai l'âme brisée en huit morceaux. Je détecte les stigmates de l'amour contrarié.

Les paroles de Liam résonnent. Son histoire. Les plaintes éraillées de Virgile. J'overdose. La fatigue me bousille. Être bousillée me bousille. J'ai besoin de me confier.

– Je lui cours après. C'est un lien unilatéral, j'ai l'impression d'être une grosse victime.

– Selon qui ? Personne ne peut te dire que tu ressens de travers. Aliénor ne voulait pas de moi au début.

– Aliénor ? La fille pour qui tu t'es suicidé ?

– Je l'ai rencontrée lors d'un bal. Oh, Bloom, si tu l'avais vue... Des boucles d'encre sur la peau diaphane. Une robe qui caressait ses hanches, dévoilait ses chevilles. Elle jouait de la harpe. J'ai d'abord noté ses lèvres. Un ruban mauve nouait ses cheveux. Dedans elle avait coincé un brin de glycine. Avec le recul, je crois que c'est à cet instant précis que je suis mort.

J'ai envie de me moquer. Mes délires de cils ne valent pas mieux.

– Qu'est-ce qui s'est passé ensuite ?

– Je l'ai abordée, nous nous sommes revus. Je lui écrivais des chansons, des lettres, des poèmes. Un mois plus tard un autre avait ses faveurs. J'ai passé une saison à ramper devant sa porte, chaque jour. Parfois je les apercevais à la fenêtre. Ils faisaient l'amour et moi je riais. C'est qu'elle était si belle ! Le rose aux joues, les cheveux lâches. Bref. La nuit je fréquentais les taudis de Paris, je buvais, je pariais, j'embrassais des putains. Le printemps a éclos. Un matin je flânais près d'une glycine. Son parfum, Bloom. J'étais si soûl que j'ai réintégré ma mansarde à quatre pattes. En arrivant je me suis tiré un coup de pistolet dans le ventre.

– Je suis vraiment...

– Navrée ? Il ne faut pas. “J'ai souffert souvent, je me suis trompé quelquefois, mais j'ai aimé.”

– Musset ?

– Exact.

Un écureuil grimpe le tronc d'un chêne. Rongeur à la con.

– T'as raison. Sauf que le suicide amoureux, c'est ringard à mon époque. On ne se bat plus. Y a une frontière pas claire entre la persévérance et, disons, faire pitié.

– Je sais, j'ai un profil Instagram. Je discute beaucoup. Vous voulez être aimés comme dans les contes. Paradoxalement vous négociez "fuck friends", "pas d'attaches please", "pas d'étiquettes". La vérité c'est que vous êtes paresseux et égoïstes. Recevoir, ne rien perdre. Zéro effort, le contrôle en permanence, aucun engagement. Ce n'est pas ça l'amour. L'amour c'est abandonner la fierté, avoir mal aux tripes. Oublier jusqu'à son prénom.

– OK Hugo Musset, on est une sale génération. Mais je te jure que je galère avec Virgile. Il pourrait… je sais pas, il pourrait s'ouvrir un minimum. C'est un bâtard, voilà.

Liam stoppe net.

– On ne change pas les gens. Tu l'aimes ? C'est ton problème, pas le sien. Aliénor n'allait pas s'arrêter de vivre à cause des pleurnicheries d'Hugo par exemple.

Le fantôme claque les fesses de Liam.

– Donc j'ai juste le droit de subir ? En la fermant ?

– Non. T'as le droit de considérer que c'est un bâtard. Que cette relation ne te convient pas. T'es pas obligée de te lier à lui. Si tu le fais, faut l'accepter en tant que bâtard.

On se fige au bord d'un étang. L'eau reflète les arbres roux à la feuille près, hormis certaines portions coiffées de glace. Le brouillard ondule à la surface. Compact, percé de soleil. Je suis à Brocéliande. J'expose ma vie sentimentale à un fantôme et à un loup-garou. Surréaliste.

– Merci pour la session courrier du cœur, en tout cas.

Hugo ramasse une pomme de pin. Il la renifle, la jette dans l'eau.

– C'est normal. On s'ennuie au bout d'un moment. Toujours les mêmes têtes, les mêmes potins. Sans compter qu'ici, la plupart sont célibataires. Ou immortels. Ou chiants.

Liam étire l'épaule en arrière et, d'un élan grandiose, balance une pomme de pin à son tour. Les carreaux de sa chemise se défroissent. Un halo vaporeux l'entoure depuis qu'on est sortis. Sa température corporelle est plus élevée que la mienne, j'imagine.

Soudain mon ventre palpite.

Il y a une silhouette dans l'eau. Elle émerge à une vitesse dingue. Ligne ascendante, constellée d'éclaboussures. C'est Dylane. OK… là je tombe des nues. Ses mèches multicolores s'entortillent sur ses seins, autour de sa taille, dissimulent son sexe. Dylane n'a pas de soutif en coquillages. Ni d'écailles. Ni de queue de poisson. Simplement deux jambes musclées qu'elle tient fermement contractées. Ses bras sont ceux d'une ballerine, ses mains dessinent des arabesques. La gauche, quoi. De la droite elle nous adresse un doigt d'honneur.

– On se la visite, cette boulangerie ? questionne Liam.

– Hmm. Ça finit tard, les tests de Virgile ?

Il flanque un coup de chaussure dans une troisième pomme de pin.

– Ouais. Tard.

10

Il est 20 heures quand je réintègre la chambre.

Pas de Virgile.

Est-ce que je m'inquiète ? Euphémisme. Je suffoque. Le fait que je sois potentiellement bourrée n'a rien à voir là-dedans. Après la boulangerie on a traîné. Au village, dans la forêt. Il s'est mis à pleuvoir. En conséquence on a investi un pub. J'ai bu… combien ? Trois ou quatre pintes de cidre ? Pas de quoi s'affoler. Les garçons m'ont encouragée. *Ça va te détendre.* À chaque tournée Liam et moi on devait engloutir la part d'Hugo. Ils m'ont expliqué. Les fantômes ne peuvent ni picoler, ni se nourrir, ni dormir. Mais ils peuvent toucher, sentir, embrasser. Ça dépend de l'énergie disponible, de la puissance de leur intention. Hugo couche avec Abrahel. Les loups-garous ne couchent avec personne. Enfin, Liam ne couche avec personne. Il est en cure de désintox. Sa meute vivait à l'instinct.

Comprendre : à chaque pleine lune ses membres tuaient qui ils voulaient dès qu'ils le voulaient. Plus un loup passe de temps sous sa forme animale, plus il a de chances de perdre toute trace de morale humaine. Depuis que Liam les a quittés, il se protège des tentations. Comprendre : les filles, la violence. J'ai vu qu'il me regardait chelou à la fin. Moi et la serveuse. *Si mon oncle me retrouve un de ces quatre, il me saignera comme un gibier et les louveteaux devront bouffer mes restes jusqu'à l'os.* Des veines pulsaient sur ses tempes, il s'humectait les lèvres. Ça nous a incités à rentrer.

Donc je suis sous terre.

Ivre, titubante et sans Virgile.

Allez, un passage à la salle de bains. Je me pulvérise du Gucci derrière les oreilles. *J'adore ton parfum.* Le marbre noir clapote autour de moi, les murs gargouillent. Ce déclic de l'alcool où on a envie de grandes choses. De sexy. Que tout le monde soit au courant. De quoi ? De ça ? Ça quoi ? Aucune idée. Ce déclic où rien n'a d'importance. Même pas les risques. Même pas demain. Même pas le râteau que Virgile m'a foutu hier. Merde, à quel moment ? À quel moment j'ai cessé d'être Bloom pour ne devenir qu'une fille éperdument amoureuse ?

Une révélation… mon caraco noir.

Je tangue vers l'armoire et je me change. La dentelle sur ma peau m'électrise. Exaltée. Je suis exaltée. Je respire fort, je bouge mou. Ce contraste est pelucheux, cool. Je suis cool. Maigre dans mon caraco transparent, cuisses fougueuses, slim qui grince, pansements. Mes Doc martèlent le parquet. Je balance mes cheveux en arrière. Absolument prête.

– Bonsoir mademoiselle. Je vous accompagne ?

– Volontiers !

Arnold me tend son bras, je l'accepte. La mousseline de sa chemise, bordel, c'est un délice. J'essaie de ne pas trop le tâter sur le chemin. Où on va, d'ailleurs ?

– *L'A. S. LaVey*.

– La quoi ?

– La salle de concert que vous avez visitée en arrivant. Elle s'appelle *L'A. S. LaVey*, en hommage à Anton Szandor LaVey, fondateur de l'Église de Satan.

Ai-je grommelé une réponse sarcastique ?

La musique me perfore le crâne à mesure qu'on approche. Cette chanson. Celle de la veille dans le bureau de Nico, jouée en live. Je crois que c'est *Queen*, de Perfume Genius.

Mes yeux s'acclimatent à l'obscurité.

Je bouscule plusieurs personnes. Tiens, Arnold s'est volatilisé. Sur scène les musiciens sont quatre. Dylane au micro. Habillée. Sa tonalité est hypnotique. Les monstres dansent devant l'estrade. Ça transpire. Je me joins à la cohue, mon bassin se dénoue. Virgile. Mes cellules le réclament. Virgile. Je trace un tour complet. Virgile. Je repousse des bribes de gens, je nage entre eux.

Il est là.

Statique parmi les danseurs.

Bras dans le dos, t-shirt noir. Son visage est esquinté. Une contusion sur la pommette, des écorchures aux lèvres, sur les sourcils. Pourtant je devine qu'il a déjà beaucoup guéri. S'il était humain, il serait à l'hôpital. État critique. J'observe ses yeux. Indociles. Dangereux.

La dernière fois que je me suis impliqué avec une humaine, ça s'est mal terminé.

En une fraction de seconde il est à ma hauteur. Géant, plié afin de se nouer à moi. Tendresse d'un sourire, de son pouce qu'il enroule sous mon menton.

– T'es amoché, Virgile. Ça va ?

– Tu m'as manqué.

Sa voix est caverneuse. Caverneuse. Caverne où je veux être avec toi. Je hisse les doigts vers lui, j'effleure une de ses blessures ; il bat des cils. Putain. Juste ça. Je suis à lui.

– Qu'est-ce qu'ils t'ont fait ?

– Bloom, je veux pas parler.

– OK.

Sans qu'on le réalise ses paumes sont sur ma taille. Ça fait dégringoler mon centre de gravité. Je chute de mon axe. Ma frange rencontre son t-shirt, là où son cœur ne bat plus. Hmm, l'odeur de frangipane. J'en ai dans la gorge. Ses mains avancent, direction mes lombaires.

J'ai souffert souvent, je me suis trompé quelquefois, mais j'ai aimé.

Je ne sais pas si on s'enlace.

Si on danse.

Si on se berce.

Je ne sais que son souffle dans mes cheveux. Il me respire, goûte mon parfum. Moi je saisis ses poignets. Je remonte. Ici aussi des écorchures. Des hématomes. Je les explore avec minutie. Lui fixe mes ongles. Ses lèvres se tendent, s'ouvrent. Alors c'en est trop. Cette couleur cerise noire à l'intérieur de sa bouche. C'est une nuance qui dit l'inconnu, le mystère qui rend fou. Une nuance qui dit tes dents, tes secrets, tes papilles que je veux compter, butiner.

D'un mouvement bourru il me retourne.

La musique s'intensifie. Je vais m'évanouir. Mes fesses frôlent les coutures de son jean. Par-dessus, sa ceinture racle mes reins. Je me cambre, mes omoplates épousent son torse. Ses mains tremblent, hésitent. Puis elles pétrissent mon ventre. Ses mains. Je les ai apprises par cœur. Deux mois à les regarder tordre les cordes de son violoncelle.

– T'es soûle, Bloom ?

Son intonation me tue.

– Ouais. Pas toi ?

– L'alcool n'a pas énormément d'effet sur mon système nerveux. À moins que…

– À moins que ?

– Je crois que t'as compris.

Sa bouche est à trois centimètres de mon oreille. Je danse. Bien sûr que j'ai compris. J'en ai marre d'éviter le sujet. Même en pensées. Depuis le mot "vampire" c'est sous-entendu. Le sang. L'idée qu'il boive mon sang. Contre mes vertèbres je sens son… il durcit.

Virgile-me-désire.

– Tu es une fraise.

– Quoi ?

– Les filles ont l'air de fruits. Toi, tu es une fraise.

Je songe à ma culotte. Imprimé fraise. Elle vibre sous mon slim.

Les doigts de Virgile bougent.

Certains sur mon cou. Les autres… tachycardie… à la naissance de mes seins. Je me déhanche, recule contre lui. Il me serre plus fort, ma tête bascule. J'ai envie qu'il me dévore. Qu'il se répande en moi. Partout. Quelque chose de bouillant se pose sur ma jugulaire. Ce sont ses lèvres. Sa langue suit. Ses canines. L'air qui sort de son nez est froid, roule sur ma chair.

– Je peux pas.

Bruit blanc entre mes tempes.

Je suis seule ; il s'est tiré.

Coup d'œil circulaire. Je ne le vois plus, je... chancelle vers le bar. Un verre y est oublié. Je l'avale d'une traite. Glaçons dans mon œsophage. *Redescends, Bloom.* J'essuie ma paume humide sur ma poitrine, je passe dix minutes accoudée devant mon verre, à me calmer.

Et je repars à sa recherche.

Je ne mets pas longtemps à le localiser.

Il est allongé sur une banquette. Deux filles en guise de coussin. Je note les points d'appui. Une de ses jambes sur le dossier, la deuxième mêlée à celles de la brune, son crâne sur les cuisses de la blonde. Elles lui touchent les boucles, le jean. Lui rigole. Elles le papouillent et il rit.

11

Billie Eilish, *Wish You Were Gay*

Du bout de l'ongle, je gratte la tache incrustée dans le bois. Du vin ? De la confiture ? De l'hémoglobine ? La laine de mon pull me chatouille. Grosses mailles noires, velues.

Je suis de retour au pub.

Aucune volonté de passer cette nouvelle journée sous terre. Donc je me suis réveillée vers midi – merci la gueule de bois – et grâce à Arnold j'ai découvert *La Marmite*. Un genre de cafétéria disponible en continu, histoire de satisfaire les horaires et les régimes de chacun. Le buffet, c'est principalement de la viande crue et des abats. J'ai jeté mon dévolu sur un plateau de fruits. Et j'ai bu du café. Noir, agrémenté de neuf sucres. Puis je me suis enfuie.

Le pub s'appelle le *Chez Simone.*

On est en lisière d'après-midi, il n'y a pas foule. La patronne qui nettoie le bar à l'aide d'un chiffon. Une poignée de vieux. Ils parlent breton. J'observe les épidermes ravinés, les chevelures en neige, les sourires où s'immiscent des trous à la place de certaines dents. Je ne pige pas un mot de leur dialecte. Des "ma Doué" qui doivent être une variante polie de "fait chier". Leurs éclats de rire. Ça m'apaise. J'aime l'odeur aussi. Une alliance de beurre en train de frire, de bière et de fumée de cigarette. Je me sens bien.

Subitement ma trachée bloque : la patronne ressemble à Mamie.

Coiffure courte et argentée, col roulé, regard étoilé derrière les lunettes à monture fine.

Oui, raison pour laquelle elle me trouble depuis hier.

D'une démarche rondelette, elle m'accoste.

– Qu'est-ce que je te sers ?

– Vous avez quoi ?

Elle triture son collier.

– Pinte de cidre ?

Mon estomac proteste.

– Plutôt une camomille.

– Agrémentée d'une dose d'hydromel ? Plus une crêpe ? Je te l'offre, ça va te requinquer. OK *ty kalon* ?

– *Ty kalon ?*

– “Petit cœur” en breton. Si tu m’autorises bien sûr.

Je suis inapte à communiquer. Mes lèvres frémissent, mon menton aussi. Si j’ouvre la bouche je vais chialer. La patronne me presse le bras avant de faire demi-tour.

Ma manche rencontre mes yeux.

Ça va, ils sont secs. Je sens une vibration dans ma poche, j’en extrais mon téléphone. Oh, trois barres de réseau ! Du coup je viens de recevoir… un SMS de la part d’Élise.

L’appart est hyper vide sans ton aigreur,
tes boules de cheveux dans la douche et tes bols
de céréales à moitié bâfrés au bord de l’évier.
Pendant les confinements j’avais envie de te tuer.
Aujourd’hui tu me manques. Rentre quand tu veux,
d’acc ? Promis on ne se disputera que les jours
qui finissent en “i”. Je t’aime.

La boule de ma gorge se dissout.

Remplacée par un goût vanille-fraise. L’année de mes 7 ans on m’a opérée des amygdales. Je me rappelle la peur, une chemise d’hôpital bleue. La main d’Élise dans la mienne. Pendant des semaines j’ai mangé des pots de glace vanille-fraise avec un pingouin sur le couvercle. Cette saveur-là, c’est la sécurité. La convalescence.

C'est l'amour de ma sœur.

Élise.

Ma sœur.

Je la déteste comme on déteste sa mère pendant la crise d'ado. Élise n'est pas ma mère. Juste l'aînée qui n'a pas eu le choix. Je nous vois au parc, moi sur la balançoire, elle qui déjà me surveille au lieu de s'amuser. Elle a mûri si vite. Elle s'est desséchée. Parfois je vois Mamie sur un banc, alourdie de ses rides et de sa fatigue. Ensuite maman se greffe au tableau et ça part en sucette. Pas de sa faute. La "maladie". C'est difficile : l'absoudre d'avoir foutu nos vies en l'air si souvent. Elle débarquait de plein droit, elle investissait la maison, elle envisageait des travaux. On déjeunait au sol sur des bâches mouchetées de peinture, on trouvait des pinceaux dans l'évier, sous les lits. Une fois elle a acheté un couple de perruches. Une autre fois elle s'est prise de passion pour les plantes grasses. Elle avait toujours cinquante projets, elle semait des post-it dans chaque pièce. Idées, citations, listes de courses en rapport avec les travaux, les piafs ou les plantes. Autant de fragments chaotiques.

Sans prévenir, elle nous abandonnait.

La maison ressemblait à un fléau. Murs bicolores, des cactus crevés dans les coins, la puanteur des merdes d'oiseaux. Et deux fillettes en salopettes, bras ballants au milieu du couloir. Il était temps que Mamie revienne. Mamie qui ne rajeunissait pas, Mamie de plus en plus courbée au niveau des épaules, Mamie une peau à sillons. Mais elle souriait.

– Ça va, *ty kalon* ?

Je sursaute ; la patronne est là.

– Oui.

– À quoi tu rêvasses ?

Je ne sais pas ce qui me prend de lui balancer la vérité.

– C'est glauque. Voir les gens qu'on aime si petits. C'est ça qui arrive en grandissant ?

Elle dépose devant moi une tasse fumante, une assiette et des couverts.

– Tiens. Les crêpes, on y a droit même si on est grande !

Une mélodie à la bouche, elle s'en va.

Je m'empare de ma fourchette, de mon couteau. La crêpe croustille à l'instant où je les pique dedans. Puis un jus blond perle sur la céramique. Du caramel au beurre salé. C'est onctueux sur ma langue. Je bois la tisane. Très chargée en hydromel. L'alcool me cautérise l'œsophage et étouffe les sanglots qui voulaient jaillir. Je lambine ; pas envie de quitter le *Chez Simone*.

Or le soleil décline.

Je me décide à rentrer. Les vieux me saluent, la patronne m'envoie un clin d'œil. J'ai l'air cloche au moment d'enfiler mon perfecto à trous. Personne n'y fait attention. Ils sont aimables. Je remonte mon col, je sors du pub afin de me désagréger dans la forêt.

Au crépuscule elle est flippante.

Les branches se font crochues, les ombres s'affalent et longent mes pas. La végétation cliquette. Troncs, brindilles, feuilles. Ça ira mieux avec de la musique. J'allume mon MP3.

Wish You Were Gay, par Billie Eilish.

Mauvaise idée les écouteurs. J'ai un haut-le-cœur et l'impression de défaillir quand quelqu'un me touche. Je me retourne. Dylane, emballée dans une serviette de bain. Elle se frotte les cheveux et me fixe. Ses paupières invariablement basses, comme si je l'emmerdais. Je n'ai pas prononcé un mot pourtant.

– Je te cherchais.

– Sérieux ?

– Ça va ?

– Ouais. Pourquoi ?

– Vous les humains, ça va rarement. Vous avez faim, peur, mal quelque part…

– Merci. J'ai pas de problème particulier.

Elle crochète les sourcils, je meuble :

– Au fait, d'où viennent les sirènes ?

– *Jardiland*. Entre le rayon gerbilles et les aquariums.

– Hein ?

– Certains de tes congénères pensent qu'on est des lamantins. Que nos rares apparitions sont des hallucinations de marins bourrés. T'as qu'à te contenter de ça.

Dylane me lance un objet que j'attrape *in extremis*. J'étudie son cadeau. Une fiole en cristal miniature, avec un bouchon en liège.

– C'est quoi ?

– Les méduses ont la capacité de se régénérer. À volonté. On considère qu'elles sont immortelles. Bref. Leur venin à des vertus surprenantes.

– Je pige pas. Tu me files du venin de méduse ?

– Je te file un truc précieux.

Là-dessus, elle disparaît en roulant des fesses. Je ne suis plus à une bizarrerie près : je range la fiole dans ma poche et je coupe à travers bois. Bientôt, j'atteins la dizaine de rochers sur lesquels on était tombés avec Virgile, le premier soir.

Il est assis sur l'un d'eux.

Ses bottines battent la mesure, un bonnet plaque ses boucles contre son front. La pointe des mèches échoue sur ses lunettes cœur. Je suis étonnamment fière qu'il les porte. En filigrane des strass ses cernes sont noirs, burinés. Il fume une clope sans se presser, fait rouler le filtre entre ses doigts et crache des embruns laiteux vers le ciel.

C'est idiot, il a l'air jeune.

Cette expression de garçonnet triste. Sauf qu'il a trois siècles et du sang sur les phalanges.

Les ailes de son nez s'arquent, il renifle puis se lève. S'approche. Aussi vite qu'il peut, moins que d'habitude. À cause du soleil agonisant qui l'assomme, le baigne d'un éclat doré. Il se cloue devant moi, fourre ses lunettes dans la poche de son jean.

Je note quelque chose de fragile. C'est l'eau de ses yeux. La façon dont une fossette creuse le gauche. Qu'est-ce qu'il a ? On dirait qu'il est… sur le point de pleurer.

J'agrippe sa cigarette, je tire une latte ; la cendre macule l'herbe.

Ses lèvres s'entrouvrent, se plombent.

La suite est irréelle.

Moi, sur l'extrémité de mes Doc. Je deviens une branche dans les rafales. J'ai chaud/froid simultanément ; des frissons dans les cuticules et les cheveux ; des libellules au centre du squelette. J'en étais sûre. Sûre que Virgile embrassait de cette manière. Paupières closes, sourcils froncés, les mains en coupe autour du visage de sa partenaire.

Je récupère la respiration qu'il m'a volée.

Lui n'ouvre pas immédiatement les yeux. Il est là, en suspens, avec ses lèvres orangées à peine gonflées. Son t-shirt à plis. C'est simple la silhouette d'un garçon. En forme de V, plat et rassurant, ponctué du jean en bas qui tient le reste comme les tiges d'un bouquet.

– C'était quoi, ça ?

Virgile ne m'a pas lâchée. Il me sonde, incline légèrement le menton.

– J'ai cru que t'étais partie.

Sa voix est égratignée. Son souffle semble fuir les syllabes pour s'éparpiller dans la brume. Je ne réponds pas. Qu'il développe.

– Je refuse que tu partes, Bloom.

– Ah ?

– Je peux te prendre dans mes bras ?

– En quel honneur ?

Il hausse les épaules.

– Je sais pas. Parce qu'il est 17 h 13.

– Hmm. On s'assoit ?

– Ouais.

J'ai des trucs à dire, que je ne peux pas laisser mourir au bord d'un baiser. Peu importe la frangipane de ses lèvres. Virgile permet à sa main de flotter à la frontière de mes doigts. Il cherche un contact avec ma peau, si minuscule soit-il.

Impulsion symétrique, on chute sur la pierre.

Il monte les genoux, se blottit presque contre moi.

Et il attend.

– J'en ai marre de tes humeurs, monsieur le vampire.

– C'est pas contre toi.

– Donc je n'en souffre pas ? Tu devrais prendre soin de moi, Virgile. Je ne suis pas un jouet. Un genre de Furby que t'allumerais et que t'éteindrais quand c'est pratique. Je suis une personne. Ta seule amie. Et j'existe, même si tu décides de mettre le monde sur pause.

– Pardon.

– Mouais. Pardon, pardon, pardon. Tu sais, j'ai capté ton fonctionnement. Tu vas bien, t'es sympa, et du jour au lendemain tu te liquéfies. Je te jure, tu te changes en eau, tu coules entre mes doigts. Tu me repousses. On dirait que t'as envie que je me détache de toi. Tu devrais te méfier : je vais finir par y arriver.

Son corps est parcouru d'un tressaillement. Il observe un arbre, un deuxième, son regard bondit sans horizon, ses sourcils remuent. Pareil que s'il essayait de résoudre une équation.

Son mégot me calcine les phalanges.

Je continue.

– Disons que j'aimerais y arriver. M'endurcir, me sevrer de toi. C'est pas si facile. Je t'en veux d'ailleurs : à la base je n'ai pas l'intention de m'endurcir. Je ne tolère pas le médiocre. L'inoffensif. Sérieux, t'es qui pour vouloir faire de moi un Furby tout tiède ?

Au-dessus de nous le ciel se gerce de nuages. Sombres, embarrassés. La lune a honte d'être aussi ample.

– J'essaie de te protéger, Bloom.

– D'abord, je suis majeure et vaccinée. Ensuite, t'as pas à décider à ma place ce que je suis capable d'encaisser. T'as rien à décider à ma place. Ça sert à quoi de se protéger ? Devenir une vieillarde au cœur intact ? À la fin il arrête quand même de battre. Qu'on soit prudent ou pas, qu'on casse de la vaisselle ou non. Perso, j'ai pas la frousse de casser de la vaisselle.

– Bloom, tu...

– Elle ne marche pas, ta stratégie. Tu m'abîmes. Mais pas au point que je fasse machine arrière. Alors je suis là. Et à la prochaine inondation, je serai encore là. Une imbécile prête à en prendre plein la tronche.

– Pourquoi ?

– Parce que je…

Terminer ma phrase ? Non.

Déjà que souvent, sans motif valable, je suis à deux doigts de craquer. *Bonjour.* Je t'aime. *Ça va aujourd'hui ?* Je t'aime. *T'as vu il pleut.* Je suis amoureuse de toi, enfoiré.

Je me racle la gorge.

– Parce que parfois la lumière épouse tes boucles et c'est spécial. Ou je vois ton prénom sur mon téléphone, ça me rend heureuse. Ce que j'essaie de dire c'est que je…

Virgile soupire. Il y a quelques minutes, on s'est embrassés.

– Moi aussi, Bloom.

Silence. Les choses sont plus fluides maintenant. Mille fois plus complexes. Je gère l'éruption dans mon ventre. Le désir de passer mes mains sous son bonnet. Coup d'œil en biais. Il a les coudes sur les genoux. Inébranlable, stoïque. Enfin si, ça frise sur les commissures de sa bouche : il dompte un sourire. Vu de près, il est encore plus ravagé qu'hier.

– Ils t'ont sacrément cassé la gueule…

– Ouais. Et pas que.

– Raconte.

– Ce matin c'était les techniques de combat. En gros, Abrahel et d'autres démons surentraînés se sont amusés avec moi.

– Surentraînés ? Ils préparent la guerre ?

– C'est prétendument dans le but de défendre la communauté, si elle devait être envahie. À mon avis ils s'emmerdent.

Je grimace.

– Entre midi et deux, Nico a testé mes connaissances sur la mythologie, les légendes propres aux créatures de la communauté. Un genre de catéchisme surnaturel. Elle m'a donné la leçon dehors, à la lumière. L'aprèm ils m'ont foutu dans une salle remplie de membres, j'ai dû exposer mon passé. Où j'avais vécu, combien de temps, avec qui. Les meurtres.

Il se tait, je ne relance pas.

– Demain c'est la dernière ligne droite. Nico m'a expliqué que j'avais une ultime épreuve sur le ring, à 19 heures. Tu viendras ?

– Pas envie de te voir saigner…

Il enlève son bonnet, déçu, s'ébouriffe les cheveux. J'en ai ma claque de le trouver sexy.

– Je viendrai.

– Merci. Nico prendra sa décision après l'épreuve.

À mon tour de m'agiter, de toiser les arbres, hargneusement, ils ne m'ont rien fait ces cons, je les regarde de travers, ils me débectent avec leurs troncs rugueux.

Saloperie de forêt.

Saloperies de vocalises de bestioles dans les talus.

Et ce vent épais qui me flanque la chair de poule.

Ce ciel violet à crever.

– T'as mangé, Bloom ?

– Ouais. Arnold m'a initiée aux plaisirs de *La Marmite*. Toi ?

– Pas depuis l'aire d'autoroute.

Sans réfléchir, je retrousse la manche de mon perfecto.

– Hors de question.

– Ça va me rendre malade ?

– Non.

– Me transformer en vampire ?

– Tu voudrais ?

– Tu me supporterais pour l'éternité ?

– Je te supporterai... au moins un siècle.

– Hmm. Je kiffe trop le chocolat, je peux pas mourir.

– La morsure ne transforme pas.

– Alors je m'en fous. Je te jure.

Il lorgne mon épiderme.

Même moi je remarque les stries bleues que dessinent mes veines. D'une main il m'attrape le poignet, le place à sa hauteur. Mon pouls accélère. Son visage est camouflé par le noir, je ne devine que les contours pointus. Un reflet dans ses yeux. Je crois qu'ils sont ténèbres, dévorés de pupille. Virgile se penche, son haleine m'éclabousse.

– Me tente pas, Bloom…

– Je te dis que je suis d'accord.

Ma cuisse se love contre la sienne. Je fais exprès de descendre la fermeture éclair de mon perfecto. Bouffée de mon parfum. Sa respiration pantelle, je le sens vrombir.

– Sois pas puéril. Mange.

Hoquet de surprise. Il m'a soulevée, assise sur ses jambes. Je me renverse contre lui. On s'embrasse. Nos souffles grésillent, tiédissent ensemble. Il y a nos peaux qui se cherchent. La frangipane, le froufrou des boucles.

Puis la douleur.

Pulsatile.

Dans le cou.

Virgile gémit, ça émane de son torse ; moi je me vide.

Au bout de ses canines rôde la mort.

Il se maîtrise, brise l'étreinte.

Ses yeux fondent dans les miens.

Dans la nuit je ne distingue pas le rouge sur ses lèvres. Je vois juste du mouillé. Virgile pense à la même chose que moi, je suppose.

Ne pas aller trop loin.

Ne pas franchir la limite.

Pas cette nuit.

Ça dérapera bien assez tôt.

12

Je fixe la couverture pourpre. De toutes mes forces. Je n'ose pas me retourner. Virgile est étendu derrière moi. Son jean accroche mes cuisses, ses ongles crayonnent des triangles sur mes vertèbres. On a passé la nuit comme ça. Moi en culotte sur le satin, lui torse nu. Beaucoup plus vertigineux que faire l'amour. Je n'arrête pas de repenser à son expression quand je me suis déshabillée. Il a enfoncé une canine dans sa lèvre inférieure et…

Ce souvenir suffit : je rate un battement de cœur.

Inutile de prétendre que je dors.

Je pivote vers lui.

– Tu me surveilles ?

Son coude est planté dans le lit.

– J'avoue.

Ses doigts fusent, emmêlent mes cheveux.

– T'as une épreuve ce soir, tu devrais te reposer. Moi je vais me doucher, déjeuner, me promener un peu… Je te récupère en fin d'aprèm ?

– OK.

Maladroite, je m'arrache au lit. Mes orteils frôlent le sol puis s'envolent. Virgile m'a ceinturée, je dégringole vers l'arrière. Sous lui d'abord et, d'un coup de hanche autoritaire, par-dessus. Il sourit, ses yeux rapetissent. Ça modèle une virgule de peau au niveau de ses cernes, légère, que j'aimerais escalader jusqu'à me perdre. Je ne dois pas zapper qu'il est lunatique. Dans une autre vie il avait 20 ans et il aimait la glace à la poire. Cette version-là de lui, je l'aurais aimée ? Est-ce qu'il était très différent ? Jamais je ne le découvrirai. Parce qu'on l'a assassiné. Je me demande si j'ai le droit de lui en vouloir pour ça. Flash du ballon de baudruche. De ses tendresses accidentelles. Chacun de ses contrastes. Virgile est un foutu paradoxe.

– Embrasse-moi, il ronronne

Je lui tape un smack. Après j'essaie de m'écarter. Il m'en empêche.

– Qu'est-ce que t'as ?

– Rien.

– Bloom.

Virgile semble craintif d'un coup.

– Ça me perturbe ces machins. C'est intime. En temps normal on s'embrouille dans ton salon, ou on martyrise tes violoncelles.

À nouveau son sourire lui grignote les joues.

– Te fous pas de moi, Virgile !

– Je me fous pas de toi, je suis fatigué. À ce propos, une parenthèse : si tu veux que je me repose, change de position. Celle-ci est risquée.

J'acquiesce. Sans bouger. Je suis bien à califourchon sur lui, ses bras croisés contre mes reins. Allez. Je me lève, direction la salle de bains. Au moment de retirer ma culotte, je respire par saccades. *Chut, chut, chut.* Je me lave, j'enfile des sous-vêtements propres, un slim. Son sweat est froissé à côté du lavabo. C'est ça que je veux porter aujourd'hui. Lui sur moi.

Odeur de frangipane en me faufilant au creux du tissu.

Reste un détail : les deux poinçons grenat sur ma jugulaire.

J'y colle un pansement – en notant que mes doigts tremblotent. Ensuite j'enfouis la fiole de Dylane dans la poche de mon slim. La causalité n'est pas claire. Quand je regagne la chambre, Virgile s'est assoupi. Enroulé au milieu des couvertures, poings serrés, ses lèvres rondes de sommeil. Un rictus à la guimauve squatte les miennes.

Vite, je file dans le couloir.

Cadence agitée, je déambule. J'ignore où je vais, je glousse, mes pommettes s'enflamment. Une demeurée hilare et rouge tomate. Paye ton tableau. Tant pis. Ils me matent, les monstres. Me trouvent bête avec ce rictus glué à la face, dont je ne peux pas me dépêtrer. Rictus qui clame : *Je suis la fille la plus heureuse de Bretagne, de la Terre et des Enfers.*

Une fille qui s'est paumée, en revanche.

Je ralentis le pas, les yeux en gyrophares. Où je suis ? Ah si, cet endroit m'évoque quelque chose. Le bureau de Nico n'est pas loin. Raison supplémentaire pour ne pas traîner.

Je vais faire demi-tour mais des voix s'élèvent.

Monocorde, je reconnais celle d'Arnold.

– Nico, je partage votre peine…

– Vraiment ? Regarde, Arnold ! Regarde !

J'entends un bruit sourd, délicatement poisseux.

– Un faon de quelques mois. Il était près de l'étang. Tu vois son poitrail ? Trois balles de carabine.

Nico étouffe un sanglot. La harpie paraît anéantie.

– Madame, la saison de la chasse est ouverte. C'est ainsi chaque année, nous le savons.

Un poing s'écrase sur le bureau.

– J'en ai assez de ces conventions humaines ! La nature n'est pas là pour les divertir ! Elle existe en soi et mérite le respect. Je suis dans l'obligation d'agir. Peu importe si l'idée en choque certains ici.

– Je vous en prie, Nico. Nous nous côtoyons depuis quatre siècles maintenant. Je vous ai toujours admirée, soutenue. Or ce projet… c'est une folie. Vous ne pouvez pas l'envisager.

– On ne se côtoie pas, Arnold, tu es à mon service. De toute façon cette conversation m'ennuie. Et quelqu'un nous espionne.

Chuintement de mousseline, Arnold surgit devant moi.

Mal à l'aise, il réajuste son tricorne.

– Mademoiselle Bloom. Je vous conduis à *La Marmite* ?

– Euh… OK.

Il glisse sa paume dans mon dos et me guide – vigoureusement – hors du couloir. Sa mine est lugubre, pâle. Je lui accorde une centaine de mètres. Qu'il se détende. Mettons deux cents.

– C'est quoi le projet révoltant de Nico ? Elle vous licencie sans solde ?

J'en ai conscience, je devrais me taire. Arnold époussette sa chemise.

– N'en parlons plus.

Je hausse les épaules.

– C'était histoire de faire la conversation.

Il m'abandonne sur le seuil de *La Marmite*.

– Prenez garde aux conversations indiscrètes. Elles sont dangereuses.

La main au fourreau, il s'en va. Je ne sais pas quoi penser de cette scène. Surtout qu'il y a l'odeur du sweat de Virgile. Celle, amère, du café. Donc je n'en pense rien de plus.

– Bloom !

Autour d'une table sont réunis Liam, Hugo, Dylane et Abrahel.

Je me sens si invincible que je les rejoins. J'attrape un plateau, je le garnis de pain grillé, de fruits, d'une tasse de cappuccino. En bâillant, je m'installe. Puis je m'étire.

Abrahel crochète les sourcils.

– Tu rayonnes, humaine. Courte nuit ?

La Marmite est hyper chouette. Spacieuse, le plafond plus haut qu'ailleurs et piqueté de lustres couverts de bougies. Sur les murs serpentent des branches de vigne, égayées de baies en grappes. Cinq ou six fauteuils quadrillent les tables drapées de velours. Sur chacune, des vases où s'épanouissent de magnifiques chrysanthèmes orange.

Abrahel ? Je ne la calcule pas.

Ma frange et ma bonne humeur font barrage.

– Occupe-toi de ton cul.

Dylane s'esclaffe dans son croissant. La succube rehausse sa queue de cheval avant d'effleurer le contenu de son assiette. *A priori*, de la cervelle persillée. Elle suçote son index.

– Tu rigoleras moins ce soir.

– C'est censé me faire peur ? C'est ta réplique de méchante ?

Hugo fait claquer sa langue.

– Combat de chattes de bon matin ? J'adore !

– Quel combat ? Je pourrais l'ouvrir en deux, ronger ses entrailles et me curer les dents avec ses métacarpes.

– Sympa ton programme, Abrahel. Moi je pourrais prétendre que tu me terrorises, mais t'es juste une démone à la retraite.

– Je me demande le son que ça fera. Quand tu pleurnicheras. Quand tu supplieras.

Liam avale son jus d'orange.

– Putain, vous voulez pas vous calmer ? Vous me filez mal au crâne.

Je le regarde. Sa houle d'épis bruns, son teint de macchabée. Ils ont dû se coucher tard. Encore. Passer la nuit à *L'A. S. LaVey*. Personne ne glande grand-chose ici.

– Être un loup n'aide pas à surmonter la gueule de bois ?

– Pas tellement, non.

– Sérieux, elle sert à quoi cette communauté ? C'est un sanctuaire à monstres alcoolos ?

Liam se renfonce dans sa chaise.

– T'es en forme, hein ? Cet endroit est une planque. T'es peut-être pas au courant : les humains n'ont pas une tolérance très prononcée envers les créatures surnaturelles.

– Bah, vous vous curez les dents avec nos métacarpes…

Abrahel brandit un doigt d'honneur, orné d'une bague armure.

Liam fait craquer ses phalanges.

– Les humains sont irréprochables ? Les procès des sorcières de Salem ? L'extinction des loups par le braconnage ? Tous les guignols armés de gadgets hors de prix, qui traquent des fantômes et se font mousser sur YouTube ? La chasse aux vampires ? T'as jamais lu ces récits de squelettes qu'on exhume, des briques dans la bouche ou des pieux dans la cage thoracique ? Est-ce que ton mec sera le prochain ? Pourtant il ne dérange personne, que je sache ?

Dylane l'interrompt.

– À la décharge des anthropiens, la violence concerne aussi les animaux. La guerre des chimpanzés de Gombe est un bon exemple. Personne ne connaît ?

L'ambiance se radoucit à notre table. Dès que Dylane prend la parole, elle crée un flottement. À cause de sa voix profonde. Ou de ses yeux gris lune.

– Dans les années 1970, la primatologue Jane Goodall a documenté un épisode de guerre entre deux communautés de chimpanzés en Tanzanie. Les membres de la tribu implantée au Nord ont systématiquement exterminé les mâles du Sud pendant quatre ans. Puis ils s'en sont pris aux femelles. Soit ils les ont zigouillées, soit ils les ont kidnappées.

Hugo caresse l'épaule d'Abrahel.

– Oui, ils évoluent. Deviennent de plus en plus "civilisés".

Après une gorgée de cappuccino, j'objecte :

– OK, on a nos torts. Les primates et les hommes. Mais je suppose que chacun de vous a déjà tué, non ?

– Pas moi, riposte Hugo.

Dylane chope une saucisse dans l'assiette de Liam, la suspend en l'air.

– Techniquement Hugo, tu t'es assassiné toi-même.

Le lycan récupère sa saucisse au bord des lèvres de Dylane.

– Parce que les humains ça ne tue pas ? L'Inquisition, c'était nous ? L'esclavage ? Les holocaustes, la propagande nazie ? La destruction de l'environnement ?

Abrahel toussote dans son poing.

– En ce qui concerne les nazis, une ou deux copines à moi ont participé.

À bout de nerfs, Liam soupire.

– On n'est pas tous pareils. Certains essaient de s'améliorer. De vivre en paix. Ici, on est à l'abri.

Je me souviens de ce qu'il m'a livré dans la forêt. Son oncle. Je culpabilise.

– J'ai besoin d'aller courir.

Les pieds de sa chaise raclent le sol, il s'en va. Hugo passe une main translucide dans les dentelles de son jabot.

– T'inquiète. Ce soir c'est la pleine lune, il est susceptible pendant trois jours et ça s'arrange. Le pire ce sera demain. En tout cas ça te va bien, ce nouveau tempérament de garce.

– Abrahel me déteste vu que je suis humaine. Je me défends.

La succube engloutit une cuillère de cervelle.

– Ce n'est pas de la haine. Plutôt un mépris décomplexé. Je veux dire, ton espèce va dans le cosmos et fabrique des nanorobots, OK, mais individuellement vous ne valez pas un clou. Une nuit dehors et vous êtes cuits. Vous ne savez rien faire. Un abri, du feu, reconnaître les plantes… Vous ne comprenez même pas votre corps, or vous y êtes accrochés ! Ça renonce à sa liberté dès qu'un virus est là et rappelle qu'à partir de 70 ans, la mort guette. Breaking news : elle guette dès la naissance. Et puis quel animal fait ça ? Reclure le troupeau au profit des vieux, des souffreteux ? La moitié de mes sœurs succubes ont été contraintes au régime.

Je regarde Dylane, qui opine.

Hugo s'étire.

– Dans un roman j'ai lu que l'humain était un mélange de bactéries et de poussières d'étoiles. C'est ce que je décide de garder.

Le fantôme m'adresse un clin d'œil et s'évapore. Je suis seule avec les filles. On s'examine. Sans manger. Ça dure. Dylane roule des yeux, saisit son plateau.

– Je vais nager.

Abrahel demeure immobile une seconde.

– Un conseil : savoure ta journée.

Elle dégage à son tour.

Ce que je savoure, c'est mon petit-déj.

Puis je range mon plateau et je m'esquive de *La Marmite.*

La discussion m'absorbe au hasard des couloirs. *Vous ne valez pas un clou.* C'est possible. Valent-ils plus de clous que moi, ces foutus monstres ? Valent-ils plus que les humains ? Je croise des créatures. Un ado qui tire ses manches pour cacher les écailles de ses avant-bras. Une sorcière, corbeau sur l'épaule. Deux nanas plutôt canon – des vampires ?

Ensuite cet individu.

Genre d'escogriffe aux membres filandreux. Ses cheveux couleur pétrole sont rabattus vers l'arrière, une ou deux mèches sinuent dans ses cils. Il porte un pantalon de cuir noir, une parka poussiéreuse. Ses yeux – aussi sombres que le reste – s'agrafent aux miens. Ça me fiche des frissons. En appuyant le contact visuel, il finit par me dépasser.

Plusieurs segments de couloir ; je l'oublie.

J'y suis allée fort avec Liam. Ce n'est pas de sa faute s'il est né lycan. Ma mère est venue au monde folle, moi geignarde. Chacun ses tares. Je repense à Nico. Aux bribes de conversation que j'ai surprises dans son bureau. Un mauvais pressentiment m'assaille ; je le largue de mon mieux. En dix minutes je tombe sur une pièce inconnue.

C'est une bibliothèque.

Les bouquins s'enchevêtrent comme du lierre jusqu'au plafond. Des vieux trucs à reliure, pareil que chez Virgile, des espèces de grimoires, des échelles, des tables en bois éclairées par des bougies. Au moins, je sais comment occuper mon après-midi.

13

Wednesday 13, *Bad Things*

– Prêt ?

Virgile émerge de la salle de bains. Une serviette autour du bassin, les boucles trempées.

– Ouais.

Ne-pas-le-fixer. *Mais il n'a plus de vêtements.* Ne-pas-le-fixer.

Il se déplace vers l'armoire. Des gouttes patinent le long de ses cervicales. Il choisit un t-shirt, un jean, défait le nœud de sa serviette. Je détourne le regard. Est-ce que je rougis ? Probable. Ça me brûle les oreilles, les cuisses. Soyons honnêtes, ça me brûle même les gencives. Quand j'ose relever la tête, il est à ma hauteur. Mains dans le dos. Habillé.

– J'aime bien.

– Quoi ?

– Que tu portes mes fringues. Et que tu sois gênée.

– Hmm.

– On y va ?

– On y va.

Je commence à me repérer dans ces couloirs nébuleux. Dommage, ça ne sert plus à rien. Ce soir Nico rendra son verdict. Demain je m'en irai. Avec ou sans Virgile. Avec, ce serait mieux. Je préférerais manger de la cervelle persillée qu'aborder le sujet.

Alentour, les lanternes frémissent.

Un silence pesant envahit l'espace.

On rallie la salle d'entraînement d'un pas onduleux. Je m'attendais bien à ce que deux-trois curieux viennent assister au dernier passage à tabac de Virgile. Non : la communauté entière est rassemblée au pied du ring. Plus d'une centaine de monstres. Notre arrivée ne passe pas inaperçue, tout ralentit, on entend distinctement nos chaussures au sol.

– Les voici… !

Le timbre enfantin de Nico. Perchée sur le ring, elle arbore un corset doré, un pantalon en toile noire et des cuissardes. D'un geste impératif, elle invite Virgile à la rejoindre. Les bracelets à ses poignets tintent, ça résonne. Il oblique vers moi, m'embrasse le front. Au bout de la pièce je repère Liam, Hugo, Dylane et Abrahel. La succube tire la langue, écœurée.

Les trois autres ont l'air inquiets. Ça me contamine malgré moi.

Virgile monte sur le ring, ploie devant Nico.

Elle déclare :

– Trois jours déjà que nous t'étudions. Tu es courageux, robuste, instruit. Des qualités que nous exigeons chez nos membres. N'en reste qu'une, primordiale, à tester. La loyauté.

L'assistance retient son souffle.

Perso, je trouve que c'est beaucoup de blabla.

– Es-tu déterminé à sacrifier ce qui t'est cher pour nous ? Pour moi ? C'est ta dernière épreuve. Un combat. Si tu en sors victorieux, tu auras ta place ici.

Qu'est-ce que ça pérore, les divinités grecques.

– Ton adversaire sera…

Mes poils crépitent sur ma nuque.

Je m'impatiente, je flippe.

– … ton humaine.

Pardon ? J'ai dû mal piger. La centaine de créatures se mettent à me sonder. Certains ricanent ou affichent une attitude désolée.

– Pas question.

La voix de Virgile a des allures de tonnerre. Nico étire les lèvres.

– Quelle fougue !

Elle sourit. C'est la béatitude. Ça se voit à ses mimiques, à la lenteur de ses phrases, à la façon paresseuse dont ses cuissardes lui lèchent les jambes.

– Je précise que personne ne repart de cet endroit vivant. Il en va de notre sécurité. Donc soit tu la tues, soit vous mourez tous les deux.

Deux mecs baraqués et moches bloquent l'issue. Un troisième s'approche du ring. C'est quoi ? Des trolls ? La salle rétrécit autour de moi. Les murs tambourinent, suintent. Ou alors c'est dedans ? Dedans que ça transpire des sueurs gelées, dedans que la crise cardiaque menace ?

Je cherche le regard de Virgile.

Il ferme les poings, résolu à se battre contre Nico. Il n'a aucune chance. Mes yeux bégayent, s'égarent. Hugo ? Liam ? Abrahel ? Elle est ravie, la pétasse. Dylane ne paraît pas plus chamboulée que ce matin. Juste, elle tend son pouce devant sa bouche et l'incline.

Une fois, deux fois, trois fois.

Elle… me fait signe de boire ? Oui, putain, la fiole ! Je la sors de ma poche. Du venin de méduse, hein ? Il ne peut pas s'agir de ça, si ? Quelle importance ? J'avale. Le goût est particulier. Crade. Des huîtres qu'on aurait cuisinées dans de l'acide sulfurique.

Les méduses ont la capacité de se régénérer.

La salle continue de se boursoufler ; elle m'aplatit.

Leur venin à des vertus surprenantes.

Finalement… je perçois.

C'est acéré, énorme. Le sang qui circule dans mes artères, la liesse des monstres, la forêt au-dessus de nous. Je jurerais que maintenant, une biche galope. Perpendiculaire au sommet de mon crâne. Je suis tonique, impatiente. Toute en muscles. Toute en exaspération aveugle. La sensation d'avoir nagé dans des eaux froides. Rien ne pourra m'atteindre.

D'un bond, je me hisse sur le ring.

– D'accord. Je vais l'affronter.

Virgile gronde sans desserrer les incisives.

– Descends.

– Non.

Il ne comprend pas, m'interroge des cils.

Oh, je l'ai laissé sceptique si souvent. Au début de nos cours de violoncelle, quand j'essayais de lui claquer la bise. Ou quand je pouffais à ses blagues qui n'en étaient pas. Ou la première fois qu'il m'a cramée en train de loucher sur ses plis de t-shirt.

Ce soir, il écarquille les yeux.

La situation dépasse son entendement.

Si on a une connexion, il doit me faire confiance.

Histoire de le dynamiser – et parce que le venin de méduse me désinhibe – j'ouvre la fermeture éclair de son sweat. Je le balance dans la foule. Ça jappe, ça applaudit. Je suis là, en soutif et en slim.

Mes bandages aux bras, mon pansement dans le cou, mes tatouages. Sur un ring. Ça me donnerait presque envie de glousser si Virgile ne semblait pas aussi désemparé.

– Quoi ? T'as la trouille ?

– Bloom, arrête…

– Quel mou, j'y crois pas !

– Bordel, qu'est-ce qui te prend ?

– Il me prend que j'ai compté le nombre de fois où tu t'es comporté en bâtard. Il me prend que ce soir, tu vas les payer. C'est toi le ballon de baudruche.

Je me mets à marcher, rotatif, dans une position de garde.

Quelqu'un quelque part allume la musique.

Du metal agressif, les Wednesday 13.

Ça me vrille les intestins.

– Je vais te mettre une raclée, Virgile.

– Bloom, s'il te plaît.

Mes pas se font fluides, sautillants. Il finit par suivre le mouvement dans le but de me tenir à distance. Je ne sais pas s'il capte. Qu'importe. Je dois l'énerver. Le pousser à bout.

– Dans le folklore, les vampires sont plus intéressants. Ils sortent les crocs. Et pas que…

Sa bouche se galbe.

– Allez Virgile. Montre-moi ce que t'as dans les tripes.

Cette dernière phrase, je l'ai feulée. Pas en mode colère. Plutôt comme si on était seuls sur ce ring. Ou dans un lit. Son regard s'allume. Ses narines s'élargissent.

– OK Bloom.

Il ôte son t-shirt, calmement. Et s'élance. Je devine qu'il veut juste me précipiter hors du ring. Tenter une diversion, qu'on se casse. C'est peine perdue. Avec une agilité qui me grise, je me dérobe, puis je reprends ma posture. Il plisse le front. Moi, je m'humecte les lèvres. Nouvelle attaque. Je me soustrais à ses bras. J'ai même le temps d'une claque narquoise.

On continue à s'étudier.

Les monstres bruissent en contrebas. Je me régale des pépiements et des sifflets. Surtout je bois l'iris de Virgile. Son haleine que je hume d'ici. Je fonce, lui m'agrippe par les coudes. Je m'effondre au sol et l'envoie valser au-delà de mes épaules. Sans effort. Sa chute, lourde, me fend le cœur. Volte-face, je m'installe sur son bas-ventre.

– Bloom, comment… ?

– Ça va. Je te promets. Joue le jeu.

Dans une bousculade mes cheveux lui fouettent le visage. À travers il sourit, la langue dardée. Voilà, ça a fait tilt. Ses canines se déploient, ses veines palpitent. Il se réveille. Enfonce ses mains puissantes dans mes hanches. Je me retrouve comprimée sous son corps.

Pareil que ce matin, mieux que ce matin.

Un gémissement m'échappe.

Les yeux vissés à ma poitrine, il murmure :

– Pitié, ne fais pas ce bruit-là.

J'enroule mes jambes à sa taille, on pirouette. Ça doit ressembler à ça, être un vampire. Ce pouvoir indiscutable. Le désir violent d'ingérer l'adversaire. De le posséder.

On enchaîne plusieurs contorsions…

… puis Nico intervient.

– Bon, bon, assez.

Virgile se met debout. En me dressant à mon tour, je la jauge.

– Tu as l'intention de tuer ton humaine ou de t'amuser ?

– Si elle meurt, ce ne sera pas de mes mains. Vous pouvez me faire ce que vous voulez.

Il s'essuie le front.

– Vous pouvez essayer.

La harpie crache sa sentence. Très peu de décibels.

– Tu as réussi cette épreuve.

La foule applaudit.

Qu'est-ce que… ?

Visiblement déçue, Nico explique :

– Notre communauté perdure grâce à la mesure de ses membres. Mesure qui implique, bien sûr, d'épargner les humains.

Elle hésite, braque sur Virgile.

– Bravo, tu as ta place ici. Demain soir nous fêterons ton admission à *L'A. S. LaVey*. Ensuite ton humaine devra partir.

Nico tourne les talons, suivie d'Arnold.

Dans la salle d'entraînement la tension se meut en euphorie.

Moi, je me délaye.

Avec une rudesse qui l'étonne, j'empoigne Virgile.

– Viens.

Je l'entraîne derrière moi. On franchit les cordes du ring, on atterrit. Liam et les autres nous rejoignent. Je fais abstraction des félicitations qu'ils nous adressent.

J'avance.

Virgile trottine pour me rejoindre.

Il n'a pas le choix, j'ai son poignet en otage.

– Où on va ?

– Faire l'amour.

– Je peux perdre le contrôle. Te mordre.

– Je n'ai pas peur de toi, Virgile.

14

Howlin' Wolf, *Smokestack Lightning*

Louisiane, juillet 1956

Elle perce à travers les volets. La lumière du soir, garce sublime. Je peux voir ses baisers sur ma peau. Couleur or, en forme de lames. Je tends les doigts pour la déchiffrer. Des volutes de poussière paillettent sa trajectoire. Tout se met à flotter lascivement dans la pièce. Les moustiques, le mobilier. Une odeur douceâtre de magnolias. Mon souffle.

Cette torpeur m'empoisonne.

Au fond c'est ce que je souhaite. Être écœuré. Statique. Je ne sais plus pourquoi j'ai choisi la Louisiane. Peut-être à cause du soleil qui écrase et meurtrit justement. Je ne sais plus. C'était après la guerre. D'abord, j'avais quitté Hortense. Migré à Bordeaux en 1941. Mais je la sentais, ma Marquise. Son souvenir inondait ma bouche dès le crépuscule. Il a fallu migrer plus loin. Les États-Unis. Je me suis engagé dans l'armée en 1943. Vu le contexte on ne m'a pas posé de questions sur mon identité ni mes origines. J'ai survécu évidemment. L'instruction militaire, le débarquement sur les plages normandes, le déploiement en Europe. Je dois avouer que j'ai trouvé ça ironique : placer un océan entre Hortense et moi, pour revenir à mon point de départ. Hitler s'est suicidé, les soldats ont été rapatriés. Moi dans le Montana. Climat tempéré, froid, pluie en sirop. Mon instinct de survie m'avait orienté là-bas. Sauf que je ne suis pas en vie. Je suis mort. Autant affronter cette réalité. Donc en 1949, le Sud saumâtre. Son atmosphère de jungle, ses multiples mélodies. J'ai préféré la campagne à la ville. Besoin de solitude. J'avais vu trop d'immondices. Les humains décimés, leurs bombes, les ruines.

Au hasard je suis monté dans un bus, qui s'est garé ici.

J'ai acheté la maison d'une vieillarde.

Au bord des marécages.

Elle non plus n'a pas posé de questions. Elle était contente de prendre mon argent, elle était contente que je sois jeune – la promesse de l'avenir, de la succession des existences entre ses murs délabrés. Elle doit se retourner dans sa tombe aujourd'hui. Sa tombe qui se situe dans le jardin, au pied d'un chêne plus ancien que moi. Trois siècles selon elle.

Je ne l'ai pas tuée.

Même pas vers la fin, quand elle expectorait des glaires épaisses comme des cailloux.

Je ne me suis pas nourri d'elle.

On a vécu ensemble deux ans ; elle s'est éteinte ; je l'ai inhumée sous son chêne.

La lumière ne m'embrasse plus.

Au moment où je m'extrais du lit, le coton du drap reste collé à mes cuisses. Le mercure du thermomètre ne descend pas. Je fixe le cadran en bois. La peinture écaillée, derrière. Parfois en fermant une porte, j'en fais chuter des lambeaux entiers au sol.

Je me traîne jusqu'à la cuisine.

L'évier est chaud contre mon ventre. J'actionne le robinet. Annoncée par un gargouillis de tuyaux, l'eau jaillit. Rousse. Je m'en asperge la nuque, le visage. Puis je fais demi-tour. Un paquet de tabac vomit son contenu sur la table. Oui, pourquoi pas. Je me roule une cigarette en dodelinant de la tête. Alentour braillent déjà les trompettes et les saxophones.

J'ignore ce qu'ils célèbrent.

Mardi gras, les récoltes, la fête de l'écrevisse. Chaque prétexte est bon pour se rassembler, boire, suer dans la nuit pâteuse. Ça leur fait oublier la misère, la maladie, la mort. Ces forces plus grandes qu'eux, contre lesquelles ils ne peuvent que s'atrophier.

La fille du shérif m'a invité, ce soir.

Magdalena.

Depuis qu'elle sait que je suis écrivain, elle me convoite. Je l'ai éconduite à plusieurs reprises mais elle est pugnace. Infatigable. Elle trouve qu'écrivain c'est "drôlement chic". Si j'avais su j'aurais raconté autre chose. Les vampires doivent feindre une occupation floue, qui justifie une vie désordonnée et nocturne. Cette décennie, j'ai opté pour écrivain. En plus il m'arrive d'écrire. Les lamentations du papier, les taches d'encre aux doigts, j'en étale sur mes cigarettes, j'enquille des litres de whisky. Et j'attends le soleil. Drôlement chic.

Retour dans ma chambre.

Je soupire, j'ouvre une armoire. Qui transpire. L'impression que les particules de bois s'imprègnent dans ma chair. J'enfile un pantalon élimé, un marcel blanc, des bretelles.

Sur mes poignets, je verse du parfum.

L'habitude me vient des Lumières. Il y avait des muscs qui obstruaient la gorge, du végétal, de l'ambre. Puis sous Napoléon, l'apparition des épices et de la vanille. J'ai moins aimé l'époque moderne. Avec les progrès de la chimie les fragrances sont devenues métalliques, savonneuses. Ensuite pendant la guerre, on n'a plus senti que la pestilence des cadavres.

Ces temps-ci je fabrique mon parfum moi-même – alcool pur et huiles essentielles. J'ai un faible pour le vétiver et ses facettes de sous-bois. J'y ajoute des agrumes, du néroli.

Dehors, la nuit est complètement tombée.

Temps de sortir.

Je franchis la moustiquaire, la porte. Mains dans le dos, je m'arrête sur le porche. Je les sens d'ici. Les filles fruits. Ça me fait battre les paupières, serrer les mâchoires.

Je ne peux pas.

Je ne dois pas.

J'ébauche quelques foulées en direction de l'eau.

Elle est vêtue de son suaire d'algues verdâtres. La brume se déplie en filigrane par-dessus, dissimule les yeux des alligators. Les racines d'arbres trempent dans ce jus tiède. Des chênes, des cyprès. Leurs branches s'inclinent, pleurent des cheveux d'anges.

Je marche dix minutes.

Devant moi les plantations, ces demeures bourgeoises à colonnades où les créoles ont fait fortune en cultivant la canne à sucre et le coton. Ils ont dû compter un ou deux vampires.

Plus j'approche de la place du village, plus la musique enfle. Dépareillée. Des airs de blues à m'arracher des larmes. Des ritournelles festives, des chants en cajun. Dramatiquement tôt, je les repère. Les filles en robe. Tissus légers, motifs fleuris. Poitrines aiguës sous les corsages, hanches rondes, bras humides. Des cheveux, des sourires, des chevilles fragiles.

Je me fige.

J'hésite.

Je devrais rentrer.

Ça ne fait que quinze ans. Quinze ans que j'ai renoncé à Hortense. Maintenant que je vis seul je me nourris d'animaux. Bien sûr, durant la guerre, j'ai drainé des soldats allemands. Mais je ne supporte plus d'infliger la destruction. Quinze ans, c'est bien. Quinze ans c'est dérisoire, sachant que j'en ai passé deux cents à exsanguiner trois humains par semaine.

– Bonsoir monsieur Virgile !

Volte-face.

– Magdalena…

– Vous allez bien ?

Elle tortille une mèche autour de son index. Dans son sillage, deux filles dandinent sur leurs souliers. Une métisse en robe verte, une blondinette qui mastique du chewing-gum.

– Je vous présente Shirley et Daisy !

Les boucles de Magdalena rebiquent au niveau de ses épaules. Nuance cannelle, saupoudrées de rubans. Ses pommettes sont bombées, écarlates. Elle a les yeux bruns, les dents carrées. Son corps remplit un cache-cœur rouge tenu par deux cordons noués sur son flanc.

C'est une pomme.

– Vous vous joignez à nous le temps d'une danse ?

Inutile de répondre, sa main est déjà sur mon poignet.

Les trois gloussent en chœur.

Ça m'hypnotise. Même à mon âge. Pas le vampire, juste le garçon. Je crois qu'elles ne savent pas, les filles, ce que ça nous fait. Leurs rires qui écorchent nos organes, le contact de leur chevelure, les mots pulpeux qui glissent de leurs lèvres et viennent agripper les nôtres.

Ou elles savent et s'en réjouissent.

– Il paraît que vous écrivez, monsieur Virgile ?

La blonde se pend à mon coude. Je détaille son squelette minuscule, sa langue qui flirte avec son chewing-gum, les carreaux jaunes de son chemisier. Elle, c'est un citron.

La métisse nous dépasse.

– Vous devez être intelligent. Et cultivé.

Des nuages de gravier s'élèvent sous ses semelles, salissent ses mollets. Sa robe cache le pli du genou puis le dévoile, le cache. Un kiwi celle-ci.

– Intelligent, j'en doute. Cultivé peut-être, à force de lire et de m'ennuyer.

– Vous vous ennuyez tant que ça ?

– Non. Davantage.

– Cette nuit on va tâcher de vous distraire !

Elles gloussent encore, moi je tressaille.

– Sur quel sujet écrivez-vous, monsieur Virgile ?

– La guerre. Je dois reconnaître que de nombreuses scènes sont gravées dans ma mémoire. La Normandie par exemple. J'essaie d'exorciser.

Citron fronce les sourcils.

– La Normandie, monsieur Virgile ? Ce sont nos pères qui y étaient. Vous avez dû aller en Corée, non ? Vu votre âge…

Quel abruti.

C'est pour cette raison que les vampires voyagent. On ne vieillit pas. Au bout d'un moment nos traits trahissent nos mensonges. Alors il faut partir. Se réinventer ailleurs.

Pomme et Kiwi n'ont pas prêté attention à mon erreur. Elles m'entraînent, me font graviter autour d'elles au rythme de la fanfare improvisée. Je coopère, saisis parfois une chute de reins ou des doigts. Si je frôle une fesse je vais sombrer dans la folie. Je devrais rentrer.

Nos pas de danse nous éloignent du centre.

Accroupi sur un porche, un Noir joue un blues mélancolique à la guitare. Un deuxième l'accompagne à l'harmonica, le dernier chante. Sa voix me perfore de haut en bas.

Magdalena se jette à mon cou.

Craintivement, j'explore ses omoplates. Sa chair est brûlante. Les gouttes de transpiration roulent sous mes pouces, exhalent une acidité qui me crispe les intestins.

– Cette musique est vieillotte. Vous avez entendu parler d'un certain Elvis Presley, monsieur Virgile ? Lui fait du rock'n'roll. C'est un voyou mais il est rudement chic !

Je n'identifie plus laquelle s'adresse à moi.

Un début d'ivresse.

Tout cet épiderme offert, ces battements de cœur.

– Je devrais rentrer.

– Ah ça, sûrement pas ! On vous a attendu, monsieur Virgile !

– On n'attendait que vous !

– Je ne me sens pas bien. Je vous assure…

– Non, non, non !

– C'est cette chaleur qui vous fatigue !

– Moi aussi ça me flanque des vertiges…

– On devrait aller à l'intérieur…

– Papa n'est pas là, il fait sa ronde. Ça vous dit ? Je préparerai du thé glacé ?

– Et on écoutera des disques.

– Le nouveau Howlin' Wolf est très bien !

– Connaissez-vous Howlin' Wolf, monsieur Virgile ? Il paraît qu'il a mauvais caractère.

Ça tourbillonne.

Les phrases, les points d'exclamation.

Bientôt je suis installé sur un canapé. Mon verre de thé glacé dans une main – la condensation me mouille les phalanges – ; de l'autre, je tue un moustique sur la cuisse de Magdalena.

C'est vrai, le nouveau Howlin' Wolf est très bien.

– Papa a caché du rhum dans son placard. Ça ajouterait un peu de substance au thé glacé ?

Elles ondoient, cachent leurs bouches rieuses derrière leurs ongles. Le rhum remplit mon verre. Oh, leurs tailles si menues. J'en ai des douleurs dans le front.

Je répète que je veux rentrer ; même moi je n'y crois plus.

Dès que la chanson s'achève, une des filles relance le vinyle. Elles chantent. Au bout de six passages je connais les paroles. Je les imite. Tiens, je suis à la verticale. Je m'en rends compte en faisant virevolter Kiwi. Je continue à fredonner, à siroter le thé au rhum. Dans mon verre puis sur les lèvres de Citron. Chemisier à carreaux jaunes, sourcils blonds. Les effleurements n'en sont plus. On se malaxe. Magdalena est jalouse, je suis censé être sa proie. Elle attrape sa copine par l'épaule, la déplace. Ses bras se lient autour de mes lombaires.

Oui, une pomme.

Son baiser est fiévreux. Il me semble que la musique hurle. J'ai faim. Magdalena me bouscule, je m'affaisse sur le canapé. Elle triture les cordons de son cache-cœur.

– Cette fois je rentre.

Elle pose le pied sur mon sternum pour m'empêcher de me lever.

– Auriez-vous peur de nous, monsieur Virgile ?

Sa voix ne caquette plus.

Le cache-cœur épouse le parquet.

Ça m'a toujours ému, le ventre des filles.

Il n'existe rien de plus gracieux. La peau lisse, crémeuse, tendue par les os du bassin. Le nombril, petit secret d'ombre. Au-dessus, une strie sépare la floraison des côtes. Ici et là des grains de beauté, bijoux délicats. Et la jolie strie avance jusqu'à dénicher les seins.

Ceux de Magdalena me font souffrir.

Deux rondeurs parfaites, indécentes de santé.

À l'image des pommettes et du reste.

J'étudie les lignes, les textures, les coloris.

Veines bleues, violettes, griffures de soleil mordorées, rougeur des lèvres.

Elle se love sur mes jambes, Kiwi et Citron n'en finissent pas de nous chahuter, leurs cheveux cinglent et chatoient, ma tête échoue contre un coussin, Magdalena murmure mon prénom, je caresse les genoux et je retrousse les robes et il fait de plus en plus chaud, la faim dans mon estomac, l'une des filles fait déraper mes bretelles, je gémis, elle m'embrasse, sa langue déferle dans ma bouche, hmm, vos cils agacent mon cou, elles me mettent torse nu, je cramponne une nuque, odieusement, soupirs, je chatouille une jugulaire, aïe mon érection, quelqu'un en prend soin, Howlin' Wolf grogne, ma paume localise un téton, que j'attire à moi, que je titille, doucement, si doucement, doucement Virgile, quinze ans c'est long, Hortense ma Marquise, le sang cogne, elles s'émoustillent et je le sens cogner, marteler, il est là, vermeil, à portée de mes canines, là dans les artères, je le veux, odeur sucrée des sexes, je touche et puis… assouvir, je mords, elles ne rient plus, du tout, j'en tremble, il y en a une qui pantelle, vocalise, la tache de sang doit l'affoler, dans mes bras l'autre devient molle, évanouie, la troisième braille, je comprime, ma puissance les terrifie, je mords ailleurs et je blesse profond, j'entends craquer des os, tant pis, mes belles captives, j'avale, je me soûle, ça m'enflamme du dedans, je vais exploser, leurs pleurs m'irritent les tympans, ça me coupe l'appétit, sans cesser de boire je brise les cervicales d'une pression, voilà, silence, une en vie encore, faiblarde, je pille, j'ai tellement chaud soudain, trop chaud, la nausée m'éclabousse, STOP.

Les paupières closes, j'expire.

Je me sens extatique.

Ça ressemble à mille orgasmes, être amoureux et le mystère du printemps.

Je rouvre les yeux.

J'ai trois adolescentes mortes avachies sur moi.

Du sang partout.

En face, la porte se fracasse.

– Magdalena ?!

Le shérif.

Un homme en uniforme beige, chapeau de cowboy et flingue à la ceinture. Il me fixe. Moi puis les dépouilles. Les verres de rhum, les moustiques, son canapé où bouffissent des flaques huileuses. Il n'assimile pas. Si, en partie : elles ne bougent plus.

Déduction accablante, nécessaire : elles doivent être…

Son regard rencontre le mien.

Il est muet, sur pause. Mais un son affleure. Viscéral. Comme un éboulement de roches. C'est le bruit d'un père qui découvre que sa fille est morte.

Le shérif dégaine, vide la cartouche de son arme dans mon abdomen.

Ça pique ; c'est gérable.

La suite va vite.

Je bondis, je l'étrangle. À l'instant où il s'écroule, ses pupilles sont sur moi. J'y lis l'incompréhension. L'effroi. Ça me donne un haut-le-cœur. Je réfléchis. À toute allure.

Dehors les lumières s'additionnent.

Les voisins appellent, s'interrogent, s'inquiètent.

Je referme la porte, je m'y adosse.

Me laisse fondre vers le parquet, les tempes entre les mains.

Des larmes brouillent ma vue. Me débordent. Je frappe la porte avec l'arrière de mon crâne. En pivotant j'envoie mon poing dans le bois. Des échardes à l'endroit de l'impact, qui se plantent loin. Les sanglots me déchirent. Ça me fait postillonner, couler du nez.

Hortense se moquerait de moi.

Elle m'expliquerait que je n'ai pas le choix.

Il va falloir nettoyer. Enterrer. Massacrer chaque individu qui sait, qui a vu, ou qui suspecte que. Enterrer ceux-là. Incendier, ça fonctionne aussi. Et après partir. Avion, train, bateau, peu importe. Se prétendre peintre cette fois, ou professeur de violoncelle.

Je bascule à genoux. Passe une main sur mon visage. La botte du shérif est en travers de mon chemin. Je l'enjambe, je me dirige vers le canapé. J'y récupère mon marcel. En reniflant je me penche vers Magdalena et je dépose un baiser à l'orée de ses boucles.

– Pardon.

"Pardon."

Ce mot me hante, me traque. Depuis si longtemps.

Je m'étire, mes bretelles pendillent. Je saute à pieds joints. Une, deux, trois fois.

– OK…

Maintenant il faut que je trouve une pelle.

Ou des allumettes.

15

Garbage, *#1 Crush*

Je respire trop. Ou pas assez. En tout cas j'ai la boîte crânienne qui vibre. Comme lorsqu'on parle près d'un ventilateur. Et des fourmillements dans le cuir chevelu. Ils irradient.

– Je dois…

Une seconde, je lâche Virgile. L'occasion de l'épier. Ses cils en éventails sur ses cernes. Ses lèvres entrouvertes, vibrantes d'hémoglobine, de salive. Ses canines par-dessus.

Putain.

Je me dépêche, trébuche vers la commode de la chambre où j'ai bazardé mon téléphone ce matin. Je lance de la musique. Le groupe Garbage. En mode repeat.

Déjà son corps me manque.

Volte-face, je sursaute : il m'a rejointe.

J'enfouis les phalanges dans ses boucles. Immédiatement sa tête flanche et ça m'excite. La manière dont sa pomme d'Adam découpe sa gorge. Les muscles de ses bras qui se contractent sans logique. La tension ; elle densifie sa silhouette entière.

Derrière lui palpite le lit.

J'ai l'impression d'en éprouver le drapé, de humer la couleur pourpre. Ça me sature la bouche. Les oreillers sont dodus, tuméfiés de plumes. Il y a une guitare sur les couvertures.

– C'est quoi cette guitare ?

Virgile pose son front contre le mien.

Essoufflé.

Il déglutit, chuchote :

– Besoin de musique.

– Tu maîtrises ? La guitare ?

– Ouais.

– En plus du violoncelle ?

– Et du piano.

– Hmm.

– Je chante aussi.

– Y a tellement de trucs que je sais pas sur toi.

Conversation en pictogrammes. À cause de l'ardeur qui ronge les cuisses. De la brûlure dans les cages thoraciques. Des mouvements empressés, nombreux, qui délitent les pensées.

Je déboutonne mon slim, je m'en débarrasse. Il glue à mes chevilles. Du foutu caramel.

– C'est quoi ton parfum ?

Virgile referme les doigts sur l'ourlet, tire d'un coup sec. Une jambe. Je vacille quand il libère la deuxième, je ne tombe pas : son bras forge un angle étroit autour de ma taille.

– *Bois Farine.* Par l'Artisan Parfumeur.

– Connais pas.

– Parfumerie de niche. Je suis snob.

Bois Farine. Je m'en souviendrai. Toujours. La vieillarde sénile qui a zappé son blaze saura qu'il portait *Bois Farine.* Virgile saisit la guitare. Poésie d'une poigne de garçon sur un instrument. Il l'abandonne au sol. Chacun de ses gestes est précautionneux, tendre. Un motif pour l'aimer douze fois plus fort. Et c'est moi ou il fait froid dès qu'il s'éloigne ?

– Embrasse-moi.

Le-goût-de-sa-langue.

D'une impulsion je saute, torsade mes jambes. Je veux les sceller à son bassin. Les coutures de son jean éraflent mes cuisses. Ses mains se logent sous mes fesses. Les pétrissent.

– Virgile ?

– Ouais ?

– Si je bois ton sang, c'est pareil que dans la série *True Blood* ? Je vais être défoncée ?

– Si tu bois mon sang tu vas être morte. Morte comme moi.

Virgile nous précipite sur le lit. Son ventre recouvre mes côtes. Triompher du tissu. Mes ongles plongent en direction de son jean. Il m'arrête en plein vol.

– Attends…

Syndrome du ventilateur.

– Quoi ?

– Juste… attends.

Il se cambre. Ses poings serrent les draps, ses coudes m'encadrent. C'est un horizon solide, douillet. J'ancre mes mains à ses biceps ; lui joue avec mes cheveux. Cette lenteur me frustre. Cette lenteur m'angoisse. Je deviens… une enveloppe de fille. Maigre, embarrassée. J'ai des marques et des vergetures et des poils. Je ne sais plus quoi foutre de moi-même.

Virgile est là. À m'ausculter.

Je n'avais pas noté jusqu'ici : une balafre lui rature la clavicule. Le diamètre d'une pièce de monnaie. Elle décrit une croix surplombée d'un quart de lune.

– Qu'est-ce que c'est ?

– Le symbole de Lilith. Un cadeau de la Marquise. Elle me l'a tatoué au bistouri.

– T'es un vampire. Tu guéris, non ?

– J'étais humain cette nuit-là.

Du bout des lèvres il éparpille des baisers sur mon menton. Je me transforme en bouquet de cicatrices mouillées, tièdes. Virgile se fige à hauteur de mon plexus.

Longtemps.

Son sourire…

– Tu fais quoi ?

– J'écoute ton cœur.

Même susurrés, ses mots restent gutturaux. Des épines entre mes seins.

– J'écoute ton sang. Ses pulsations. Le circuit de l'oxygène.

Il arque les sourcils d'un air innocent. Virgile est beau. Cette beauté propre aux femmes, aux enfants, à la pluie des orages. Je le vois. Je le vois en vie. Jeune homme de 20 ans, candide. Vierge peut-être. Fils d'un tailleur et d'une accoucheuse. On l'a torturé à Versailles. Tué. Cette pute de Marquise. Ils ont dû… Son érection. Est-ce qu'il l'a aimée ? Parce que moi je.

– Virgile…

Je me trouve petite. Vulnérable. J'ai les paupières humides. Sept lettres si alambiquées. Comment les dire ? C'est lui qui parle.

– Moi aussi. Et j'ai envie de toi.

Sa phrase s'étouffe dans mon nombril.

Après il remonte. Je le contemple se jucher au-dessus de moi. Déployer ses épaules larges et tendineuses. Il s'ébouriffe les cheveux, l'un d'eux chute sur ma poitrine. Ça me bouleverse. Il dégrafe mon soutien-gorge. Trop d'émotions, je suis… dans les vapes.

– Regarde-moi.

Virgile s'assombrit.

Les lignes de sa mâchoire se rigidifient, sculptent ses joues. Les veines de son cou saillent. *Je peux perdre le contrôle. Te mordre.* Vraiment ? Est-il capable de me faire du mal ? Je hisse l'index pour dessiner sa bouche. Les ecchymoses qui la maculent.

Lui s'incline, lèche mon poignet.

Cette façon de se mouvoir… rapide, silencieuse… inhumaine… Virgile est un vampire qui… fait glisser ma culotte le long de ma peau… centimètre par centimètre… en m'embrassant… en ouvrant sa braguette… il ne baisse même pas son jean… contre mon aine se plaque son.

Le désir m'envahit, semblable à une hémorragie. Je me rattrape de justesse à sa nuque. Position allongée, pourtant j'ai la sensation de dégringoler sans fin. La faute aux vertiges.

– Bloom ?

Il se raidit.

Malicieux, tortionnaire ; méchant en amour.

J'acquiesce.

Je m'offre à lui.

J'en crève de m'offrir à lui.

– Vas-y.

Mais on patiente au bord du vide.

Je vais devenir cinglée.

J'ondule des hanches, je le griffe un peu.

Malgré mes assauts il ne se presse pas.

Enfin, à la lisière d'un sourire…

… son premier coup de reins m'arrache un *je t'aime.*

16

The Dandy Warhols, *Sleep*

Virgile chante un titre des Dandy Warhols.

Je reconnais les mots épines, sa voix. Mes paupières se soulèvent.

Il est assis sur le bord du lit, sa guitare entre les bras. C'est fou, la concision des lèvres. La chorégraphie quasi érotique des doigts. Les plis de son t-shirt croustillent, la guitare accompagne son balancement. Cette nuit, c'était moi qui vibrais contre lui.

Virgile gémit les dernières notes.

Dépose l'instrument, parallèle à mes jambes.

– J'arrête. Ça fait vraiment lover bas de gamme.

– Ça pourrait être pire. Tu ne m'as pas offert de chocolats.

Il pouffe. Ma vanne l'amuse ; je suis heureuse à pousser des cris.

– Méfie-toi, la journée commence à peine.

Entre son corps et le mien gênent ses vêtements, les couvertures, les draps. Pourtant je sens mon pouls tambouriner. Il n'y a plus d'espace dans ma gorge. Impossible de répondre. C'est peut-être mieux ainsi vu que j'ai envie de gazouiller. D'énumérer les *je t'aime.*

Je ne peux pas.

On est mercredi. Ce soir, on fête son admission à *L'A. S. LaVey*. Ensuite je disparais. Je ne suis pas à ma place sous terre. Lui si. Alors pourquoi j'ai le cœur qui se fêle ? Qu'est-ce que je croyais ? Qu'il allait rentrer avec moi ? Une étudiante en couple avec Dracula, dans quelle galaxie ça fonctionne ? Foutues leçons de violoncelle.

Virgile va pour me caresser les cheveux, je me dérobe. Lui fronce les sourcils. Assis, coudes pesants. Il devine que je suis sur mes gardes. Ça lui arrondit le dos.

– On fait quoi aujourd'hui, Bloom ?

– Toi tu dors, non ?

– Pas obligé. Je veux profiter de nous.

– T'es mort, ça limite nos options. Par exemple si on se promène au soleil, au bout d'un kilomètre, tu vas te mettre à gerber du sang… Le mien, d'ailleurs.

C'est bizarre, abîmer le garçon qu'on aime. Spécialement quand il s'agit d'un monstre centenaire.

J'anticipe du gore : il va réagir avec violence. Exploser, me mordre ou taper dans le mur. Non. La ligne de ses épaules devient frêle. Du pied, je le réprimande.

– Fais pas la tronche.

– Je ne fais pas la tronche. Je suis "mort". Les vampires ne passent pas leur temps à minauder, n'en déplaise à ces séries débiles dont tu te gaves.

Son intonation me broie les intestins. Surtout, il a hoché la tête. Un geste méprisant, moche, qui esquinte. Peut-être que je l'ai provoqué. Peut-être que je ne peux plus reculer.

J'enroule la couverture autour de moi. Hors de question qu'il me voie toute nue. Empotée, je chancelle jusqu'à l'armoire. Ses sweats et mes t-shirts s'enlacent, bienheureux dans un fouillis de cintres. Crétines de fringues. J'attrape un slim, un pull. Tiens, c'est celui-ci.

Encolure large, imprimé Louis XIV relooké en punk.

Habituellement ça m'égaye.

Pas ce matin.

– Ça arrive que dans mes séries ils soient dépressifs. Pareil que toi je veux dire. Ça ne les empêche pas d'être rigolos. Genre ils se transforment en chauves-souris, ou ils ont de l'humour. Du style ! T'as jamais vu *Dark Shadows* ? Dans un autre délire y a *Fright Night*. Pas le premier, hein, le remake avec Colin Farrell. Quelle bombe ce gars !

Virgile prend une épaisseur d'animal. En appui sur les paumes, jambes tendues. Il me sonde. Ses bottines sont croisées avec nonchalance. Rien que ça c'est un supplice.

– Je ne suis pas dépressif. À mon âge il s'agit de lassitude. Tu ne comprendrais pas.

– Si, j'ai pigé. Ton âme est boursouflée de ténèbres, ô pauvre créature de la nuit. Franchement, si t'es aussi blasé, pourquoi tu te suicides pas ?

Il rétorque par une moue.

– Je suis comme vous. Lâche.

Ce "vous" qu'il fait exprès de cracher.

Je préférerais qu'il m'insulte. À la hâte je finis de m'habiller. Je marche. En diagonale. Poings sur les hanches. Je me retourne. Rude et bête. Je ne sais plus.

On peut encore désamorcer.

Je devrais postillonner des excuses. Virgile rirait, ça lui défroisserait le visage et le t-shirt. On se moquerait de nous. De nos laideurs, de nos colères. Et on ferait l'amour dans cette aube pastel. On ne quitterait pas la chambre de la journée. Oui, il faudrait.

L'effort est colossal.

Je le scrute.

Ses pupilles ont séché l'eau de ses yeux, sa bouche est pincée, ses narines ouvertes.

– Ce qui me remonte le moral, Bloom, c'est la perspective de l'apocalypse. Vous faites tellement de conneries, vous les hominidés… Le biologique ne va plus tenir éternellement à ce rythme-là. Les chiffres sont sévères. J'ai lu 2050, je miserai plutôt sur 2030.

Une partie de moi voudrait lui hurler : *Viens on rembobine. Viens on s'aime.*

Mais ce "vous".

Je suis humaine ; lui c'est un monstre.

On n'a rien à foutre ensemble.

Même s'il était normal, on est "en couple" depuis lundi et on s'embrouille déjà. La liste de mes ex prouve mon appétit pour les bluettes toxiques or là, j'atteins des cimes.

– Va te faire foutre, Virgile.

Je bouge jusqu'à la porte.

– Où tu vas ?

– *La Marmite.* Nous les hominidés, on s'empiffre en plus de défoncer la planète.

Couloirs en roche ébène, lanternes.

Le bruit de mes pas.

Ce n'est pas vrai, je ne me rends pas à *La Marmite.* J'aurais trop peur d'y rencontrer Abrahel, Hugo,

Dylane ou Liam. J'ai besoin d'air. De rayons UV, de nuages, de végétaux.

J'accélère.

La fatigue accumulée m'égratigne les muscles. Tant mieux. C'est comme les pansements, une astuce qui dévie la douleur. Il y a le point de côté. Pas que. J'ai des courbatures. Des sensations persistantes dans les cuisses, entre les reins. Cette nuit j'ai joui si fort. *Tais-toi.* J'ai connu d'autres garçons. Indirectement j'ai été avec Virgile lors de sessions solos. Mais hier.

La forêt m'emboutit.

Ses odeurs d'automne, de champignons, de feuilles en décomposition. Le vent froid et liquide qui alimente la conversation des branches. Un clapotis de ruisseau, quelque part. Cette abondance d'écorces brunes, marron, beiges. Elles frémissent de sève, de résine.

Je me frictionne les bras. J'ai oublié mon perfecto. Pas grave. Je foule l'humus, mes Doc malmènent les pommes de pin.

Oh, c'est un matin blême.

Un matin toile d'araignée, fragile comme pas permis. Un matin aux allures d'amants. La nature est pleine, saupoudrée d'absurde, de je suis suspendue à rien autant abdiquer, en même temps c'est le matin, ce serait bien de déjeuner, pourquoi pas, de vivre, oui mais qu'il est blanc ce matin, beau à crever, juste ça, ce que c'est beau parfois, ça hachure un truc dans la poitrine, entre les côtes, on pense aux morts, on se surprend à être triste pour eux, c'est con, les morts sont paisibles, ils se foutent des amants et ne les envient pas, au contraire ils nous plaignent.

Je traîne une heure, ou plus.

Puis je m'assieds contre les racines moussues d'un arbre.

Rêves de chocolats chauds, d'écharpes en laine, de livres. De Mamie. Elle était là lors de mon premier chagrin d'amour. C'était aussi l'automne. J'avais 13 ans. Le soir d'Halloween, Julien m'avait larguée pour une sorcière sexy. Moi j'étais déguisée en citrouille. Enrhumée. Gros tas de chair orange, de mouchoirs ornement mucus. Le lendemain Mamie m'avait mise au lit sans négociations. Ça m'arrangeait, c'était mes premières vodkas-fraises en plus de ma première rupture. Elle avait préparé de la soupe – potimarron et châtaignes –, on avait regardé des Tim Burton emmitouflées sous la couette. *Sleepy Hollow*, *Les Noces funèbres*, *Sweeney Todd*. Tout le long j'avais pleuré. J'avais également pleuré parce que la couette me grattait, parce que j'avais la migraine. Parce qu'à la fenêtre un moineau avait volé une miette d'asticot à un deuxième moineau plus chétif.

Ces jours-ci il n'y a plus beaucoup d'oiseaux : fin du monde en 2050.

Il n'y a plus Mamie non plus.

J'ai 19 ans, zéro projet d'avenir, une sœur malheureuse par ma faute. Je suis une grande gigue qui se tape un vampire. Les fêtes d'Halloween sont dans le rétroviseur, même Noël est démodé. À quel âge ? À quel âge on commence à s'en foutre de recevoir les catalogues de jouets dans la boîte aux lettres ? On garde des babioles, nos chouchous. On succombe à la nostalgie, on en achète à l'occasion, des jouets. Le problème c'est qu'on ne sait plus s'en servir.

Je grelotte, laisse ma nuque se briser sur son axe.

Haut, un avion crevasse le ciel.

Ça taillade une incision blanche. Des semaines que je n'avais pas ressenti ça. Le désir d'être dans cette saloperie d'avion plutôt que là où je suis. Les passagers, où ils vont ? Qui sont-ils ? Est-ce que l'avion va se crasher ? Pouf, gommé du bleu et de l'univers.

Je fouine dans mes poches.

Un baume à lèvres.

J'ai la bouche gercée, craquelée de baisers. Certains flashs de la nuit me font fermer les yeux. Rougir. Comment sa langue a salué chacun de mes grains de beauté. Son sourire quand je l'ai renversé.

Ce moment des garçons qui basculent en arrière, émus, mâchoires serrées. Ce moment des garçons qui se laissent apprivoiser et nous regardent faire. Leur faire l'amour.

STOP.

Je me lève, je balbutie des chaussures et je suis conne, une fille entichée, détraquée, ahurie, inapte à percher un pied devant l'autre sans grimacer. Je le déteste. Est-ce que je m'accorde un tour au *Chez Simone* ? Oui. La patronne va m'appeler *ty kalon*, m'engraisser. Je bois ma camomille, après je retourne à la voiture.

Bye-bye la Bretagne. J'ai cours, des partiels. En prime je dois me réconcilier avec Élise. Non vraiment, je n'ai rien à glander ici.

J'avance, pas de tergiversations, pas de doutes.

Bientôt je pousse la porte du *Chez Simone*. Un carillon annonce mon arrivée. Toujours la clique de vieux. Les odeurs de beurre, de bière, de clope.

– Ah, *ty kalon* !

La patronne applaudit en me rejoignant.

– Comment tu te sens aujourd'hui ?

Elle me tape sur l'épaule, ça me secoue.

– Bof.

– Dans ce cas, j'ai une bonne nouvelle ! Ton jules est là.

– Mon qui ?

Elle désigne une table du fond.

Virgile y est installé.

Capuche sur les boucles, jambes qui tressautent sous la table, ses lunettes en forme de cœur sur le bout du nez. Devant lui, je reconnais une théière de camomille et une assiette garnie de deux crêpes. Avec les dents de la fourchette, Virgile les inspecte, renifle le caramel.

Je fixe la patronne.

– Sois pas nouille. Va le voir !

– Ouais…

Plusieurs façons de balbutier des chaussures existent. Celle de tout à l'heure. Se viander. Et ce que j'opère actuellement : des foulées inutiles, qui pataugent dans de la gadoue de parquet.

– Virgile ?

Il ouvre une main vers la chaise en face de lui, je m'y affale.

– Bloom, j'aimerais que t'arrêtes de partir constamment.

– Je pars pas constamment.

– À la moindre contrariété.

– Alors me contrarie pas.

Nerveux, il lace les doigts devant sa bouche.

– C'est pas simple. T'es une telle chieuse ! Pourtant j'en ai connu.

– Ah ? Tu vas me comparer à toutes les meufs que tu t'es farcies en trois siècles ? Cool. Rassure-moi, je suis moins reloue qu'une bigote de l'ère victorienne ?

L'image s'incruste. Virgile embrassant la susnommée bigote. À sa manière, paupières-closes-mains-en-coupe. J'ai envie de mourir, mes os se fendillent. Lui me jette un regard mauvais, comme on balance un uppercut. Puis un sourire en coin s'invite sur sa bouche.

– Quoi ?

– C'est ton pull. Il est stupide.

– Merci.

– "Voilà le premier chagrin qu'elle me cause."

– Hein ?

– C'est Louis XIV qui a prononcé cette phrase. Quand Marie-Thérèse d'Autriche est morte.

– C'était qui, Marie-Truc ?

– Sa femme. Bordel, à mon époque on n'allait pas à l'école mais on savait deux-trois rudiments.

– "À mon époque" ? Sérieux ?

– Je suis né en 1738, Bloom. Faut que t'assimiles.

– Pas nécessaire. Ce soir on se dit adieu.

– Donc tu me punis depuis ce matin.

Je croise les bras. J'en décroise un pour me ronger les ongles. Au moment où je m'en rends compte je lisse ma frange. Puis j'étale mes paumes à plat sur la table. Virgile pousse la théière dans ma direction. Ma tasse. Lentement, ça racle le bois, c'est pénible. Un brin drôle.

Non, je refuse de céder.

Il prend une inspiration et se lance :

– Je souhaiterais être avec toi. Carrément. La dernière fille qui m'a intrigué, ça remonte aux sixties. Mais je peux pas.

– Virgile, j'ai pas peur…

– … pas peur de moi, non, je sais. Parce que t'es téméraire. Surtout, parce que tu ne connais pas le centième des choses que j'ai faites. Je vais t'en raconter quelques-unes, OK ?

– OK.

Au fond je ne suis pas persuadée de vouloir. J'ai encore son odeur sur la peau. Demain je ne le verrai plus jamais. À quoi bon ? La curiosité triomphe. J'écoute. Il me raconte Versailles, Hortense. Les décennies de crimes qui ont suivi sa transformation. Ensuite sa pénitence, la Seconde Guerre mondiale. Sa rechute en Louisiane. Comment il a massacré trois filles de mon âge. Son retour en France, Mai 68. La solitude forcée. Ses remords. Le violoncelle.

Ma camomille est froide, je n'en ai pas bu une goutte.

La nausée.

Putain.

Parfois je lis de la romance. Je trouve ça merdique. Elles sont gourdes ces héroïnes en carton, à s'amouracher de bad boys cassés, sur le point de déraper H24, sous prétexte qu'ils sont canon. Je réalise que je les bats toutes avec mon psychopathe. La reine des gourdes.

Putain.

Virgile retire ses lunettes cœur. Je me suis aperçue dans le reflet pendant son monologue. C'était obscène. Maintenant je regarde ses yeux soulignés d'une pellicule de larmes.

Silence.

– Réponds, Bloom.

D'accord. Quoi ?

Ces vérités sont révoltantes, crasses, or elles ne me surprennent pas. Virgile est un très vieux serial killer. J'en avais conscience avant qu'on s'échappe en voiture, avant le premier baiser, avant la chorale des orgasmes. Tiens, une réminiscence. L'esprit fait ça quand c'est trop lourd, des virevoltes d'oiseau. Bref. Je me souviens qu'ado, j'avais envoyé une lettre à un serial killer. Rod Ferrell. Un loser du Kentucky qui se prenait pour un vampire de cinq siècles.

Virgile est un vampire pour de vrai.

Moi la reine des gourdes.

Ça ne change pas la donne.

Et bien sûr ça change tout.

Notamment mon centre de gravité.

Soit la Terre a dérivé de sa trajectoire, soit je m'apprête à tomber dans les pommes. Je me raccroche à la table. Mes phalanges tremblent ; les tatouages dessus deviennent flous.

Réminiscence, virevoltes d'oiseau.

On dit pas "bloum", on dit "boum".

C'est ça.

Élise et moi. Minuscules de couettes et de joues roses. Pyjamas, doigts-collants-friandises. Maman s'est volatilisée. Élise invente des termes savants pour faire sa maligne. *Psychose maniaco-dépressive.* Moi je lui tire la langue. Elle crâne. Je dis qu'elle se trompe. Ce mot-monstre compliqué ne signifie rien. Je dis que maman est pareille à la météo. Je dis que des fois il fait soleil, et des fois plouf badabloum bloum bloum, il se met à pleuvoir.

On dit pas "bloum", on dit "boum".

C'est ça.

À partir de là on m'a surnommée "Bloom".

Aucun rapport avec mon parfum.

Et je ne me souviens plus de mon prénom.

– Bloom ?

Dissocier mes pupilles de la théière ? Inimaginable.

Lui porte *Bois Farine*. Virgile le vampire. Cette nuit sur nos corps, *Bois Farine* et *Bloom* de Gucci se sont enchaînés l'un à l'autre. Je n'ai toujours pas de prénom.

– Réponds, Bloom, je t'en supplie.

J'abaisse les épaules, je relève enfin le menton.

Contact visuel ; ça nous perturbe.

– Comment tu sais que je viens ici ? Comment tu sais ce que je commande ?

– Je te sens.

Il marque une pause, bat des cils.

– Je te regarde. Quand tu reviens de cet endroit, on dirait que tu t'es maquillée au beurre.

S'il avait un pouls, ça battrait dans sa jugulaire. Tout s'enflammerait. Les vaisseaux sanguins, le souffle. Mais non. Il sue légèrement, toussote. Se renfonce dans sa chaise.

– La surface, c'est pas un milieu pour moi. Je hais cette communauté, ses règles, ses disciples… Tant pis. Je suis un vampire, je dois me reclure. Toi, t'appartiens à la lumière. À ta famille, à la vie. N'y renonce pas. Pas à cause de moi. Ce serait trop de sacrifices, que je ne suis pas certain de mériter. J'ai fait tes bagages, ils sont dans l'arrière-salle. Si tu veux me quitter tu n'auras pas à descendre. Juste, j'aimerais te raccompagner à ta voiture.

– Je crois pas que ce soit une bonne idée.

– C'est que… je voulais te donner ça.

Il sort un objet de sa poche, le cale en équilibre entre ma tasse et l'assiette.

Un emballage plastique avec des clowns sur l'étiquette.

Des choses polychromes s'emberlificotent dedans.

Ce sont des ballons de baudruche.

– Je suis désolé. Peut-être que je n'aurais pas dû poster cette annonce pour le violoncelle ? Je voulais… j'en sais rien. Je me sentais glacé depuis plusieurs semaines. Te rencontrer m'a réchauffé. Sincèrement. Après j'ai plus eu l'énergie de mourir. Tu me sauves de l'hiver à l'intérieur. Putain… je devrais pas m'épancher maintenant. Je te jure, je l'avais bossé mon discours. Afin qu'il soit sage et irréfutable. Sauf que j'ai pas le cran de te laisser partir.

D'une main je décoiffe mes cheveux. De la deuxième, je serre mon paquet de ballons. Il faut que je jette mes yeux au plafond sinon la pluie risque de couler.

– Virgile ?

– Oui ?

– Ce que je t'ai dit jeudi ? Quand tu m'as avoué que t'étais un vampire ? Je t'ai dit que t'avais le droit d'être qui tu es.

Une lueur passe sur son visage.

– J'ai menti. C'est trop pour moi. Je voudrais que tu t'en ailles.

Des ombres l'éteignent. Il se déplie. Mortel, gigantesque. Ça m'épouvante. Dans une rafale il me contourne. Pose un baiser chaste sur ma pommette avant de fuir le *Chez Simone*. Avant d'être englouti par la nuit – discrète, elle s'est vautrée sur les environs.

Persiste un bourdonnement dans l'air.

Son "Adieu Bloom".

17

The White Stripes,
In the Cold, Cold Night

Lourdeur de carcasse. Virgile est parti depuis dix minutes. Je ne peux pas bouger.

– Tes crêpes sont intactes, tu me vexes.

La patronne. La patronne et son col roulé, ses lunettes indulgentes, ses remous de cheveux en argent, on dirait du givre, *tu me sauves de l'hiver*, je suis saccagée, des débris de rien.

– Problèmes de cœur, *ty kalon* ?

– Les garçons sont de la vermine. C'est pas un scoop.

Ma voix sonne très blanche. Ectoplasmique.

– Ça leur arrive. Être un vampire n'aide pas.

Je ne saisis pas instantanément. D'abord je rumine, je ronchonne en filant des coups de fourchette à ma crêpe. Puis la gifle. Elle a prononcé le mot "vampire".

– Être un… ?

– Te fatigue pas, *ty kalon*.

Mon premier réflexe consiste à me dresser sur mes Doc. Je me retrouve acculée contre le mur, bloquée par ma chaise. Un réflexe, ce n'est pas forcément utile ni futé.

– Comment vous savez ?

Elle demeure calme, souriante. Les doigts enchâssés les uns aux autres, les poignets qui pendillent. Ses doigts, on dirait des cigarettes russes.

– Je suis ce qu'on appelle une "marraine".

– C'est quoi ce bordel ? Vous transformez les citrouilles en carrosses ?

Elle fronce les sourcils. En arrière-plan, le *Chez Simone* est muet. Les indélogeables vieux ont posé leurs chopes de bière. Ils ne rient plus, se taisent. Nous écoutent.

– On protège les créatures surnaturelles. Nous sommes leur lien avec l'extérieur. Par exemple, c'est nous qui faisons la cuisine pour *La Marmite*. La Bretagne est une terre de magie. Il y a toujours eu, ici, une frontière mince entre les mondes mystérieux et le nôtre.

– Vous sous-entendez que… chaque Breton a une mission de… ?

– Non, les traditions se perdent. Il n'y a presque plus de druides. Alaric est le dernier.

Un des vieux, celui avec le moins de dents, m'adresse un signe de tête.

– Je… c'est trop. Faut que je rentre chez moi.

– Tes valises sont dans l'arrière-salle.

Elle pivote vers le comptoir.

Les vieux lorgnent dans la même direction. Étourdie, je décolle mes chaussures du sol. Le comptoir brille, texture de miel. Mon attention s'égare partout. Les dessous de verre, les pots de caramel, les tireuses à cidre, les figurines de lutins ou je ne sais quoi.

Une porte s'entrebâille, à côté de celle qui mène aux toilettes.

Œillade à la patronne ; elle acquiesce.

Je pénètre dans l'arrière-salle…

… ma mâchoire lâche.

La pièce est plongée dans la pénombre, à part les bougies disséminées sur les tables basses. Le mobilier est sobre. Des tentures en velours masquent les fenêtres. Leur couleur violacée accroche le reflet des miroirs aux murs. Au fond de la pièce, un buffet supporte des flacons en cristal remplis de jus cerise ou bordeaux. Des bouquets arrondissent ce décor : des roses aux pétales onctueux et d'énormes dahlias pourpres, qui évoquent la chair.

Au pied d'une table, je reconnais mes bagages.

– Bonsoir.

Soubresaut.

Je n'avais pas senti de présence. Sans distinguer personne, je me retourne. Alors il émerge. D'où, je l'ignore. C'est comme s'il venait de se matérialiser.

Un petit garçon.

Il a la peau translucide, parsemée de taches de rousseur. Ses cheveux sont bruns, mi-longs, lui couvrent le front et les tempes. Il porte un nœud pap, une chemise en dentelle et une veste queue-de-pie, avec un jean déchiré aux genoux et des mocassins vernis.

– Qu'est-ce que tu fabriques dans un bar ?

Un bruit claque. L'enfant a incliné la tête. Ses traits en pâte à modeler, si spécifiques aux mômes, se sont fendus d'iris incandescents. De deux crocs surtout.

– Je ne te permets pas de me tutoyer.

Je recule d'un pas.

– Pardon.

Dans mon dos, il y a le *Chez Simone*. Il y a un téléphone, internet, les flics. Il y a les vieux et la patronne. Ils ne vont pas laisser cette créature me dépecer, si ? À moins que ce soient eux qui m'aient envoyée ici exprès ? Je suis… la collation de Bébé Satan ?

– Assieds-toi.

Je m'exécute. Une main vissée dans la poche de son jean, l'enfant approche. Il s'installe en face de moi en soulevant les pans de sa veste, caresse une rose, ses épines, le bois lustré de la table. Sa gestuelle est élégante, solennelle. Il prend son temps.

– Vous êtes un vampire ?

– C'est exact.

– Je peux vous demander votre âge ?

– Tu peux. J'ai 2351 ans.

J'essaie de calculer vite fait. Il a vécu en 300 avant Jésus-Christ. Je ne suis même pas sûre de savoir ce qui se passait à cette époque.

– Je m'appelle Ewen.

– Moi c'est Bloom.

– Tu veux boire quelque chose, Bloom ?

– Non merci.

– J'insiste.

– Pareil que vous.

Ewen se lève, va chercher des verres et une bouteille sur le buffet. Il nous sert. Le liquide est épais, blanc cassé.

– Pas de panique, Bloom. Il s'agit de Kremmig, une recette bretonne. Mélange d'eau-de-vie à la pomme et de crème.

– D'accord.

Ewen boit. OK, il est ancien. Antédiluvien. N'empêche que c'est un gosse et qu'il picole sous mon nez. J'ai maté l'intégrale de la série *American Horror Story*, je devrais être préparée à ce genre de phénomène. Mais non. Ni à ça, ni à la cervelle persillée, ni aux harpies, ni aux Bretons baby-sitters de monstres. Je porte le verre à ma bouche. L'alcool est sirupeux, écœurant. Je l'avale d'un coup. Sa chaleur se diffuse dans mes joues, le sucre me colle les lèvres.

Ça me donne du courage.

– D'où vous venez ?

– Mes origines humaines ?

– Oui.

– Tribu celte. Mes parents étaient potiers. J'ai le souvenir des odeurs de terre cuite, d'argile. Les mains de ma mère étaient rouges quand elle les portait à mon visage. Je me rappelle ses boucles auburn, le foulard en lin qu'elle attachait par-dessus. Une nuit, il y a eu des cris. Des flammes ont ravagé le village. Elles embrasaient la paille, le chaume des toitures. Les chevaux hennissaient, les cochons et les poules essayaient de fuir leurs enclos. Une autre tribu, je suppose. Je me remémore un goût ferreux. Des gargouillis. Ils émanaient de moi. Un guerrier m'avait fendu le crâne avec son épée.

Je me plaque le poing contre la bouche. Puis je me verse un second verre. Ewen sourit aimablement. J'ai l'impression d'être un chiot. De l'attendrir.

– Ne te mets pas dans cet état. C'était la fin de ma vie humaine, simplement. À cette époque l'existence était courte et sale, je n'aurais pas survécu.

– Qu'est-ce qui s'est passé ensuite ?

– Je me suis éveillé dans les bras d'une dame magnifique. J'ai pensé qu'il s'agissait d'une déesse. Haute stature, une figure de cire et de longs cheveux qui lui coulaient jusqu'aux genoux. Je n'ai jamais su son prénom. Je l'appelais Mère.

– C'était une vampire ?

– Oui. Solitaire depuis plus de mille ans. Elle m'a trouvé dans les ruines, à l'agonie. Elle a décidé de m'adopter, de faire de moi son fils vampire. On s'est installés dans un village. On en changeait chaque décennie. Quand les Romains sont arrivés, il a été difficile d'apprendre le latin. Aujourd'hui je parle cent soixante-huit langues, vivantes ou mortes. Je n'ai pas eu le choix, la civilisation évolue si vite. Or, à ce moment-là, j'étais jeune et paresseux.

– Et après ? Je n'ai plus trop de notions d'histoire-géo mais… les Francs ont envahi la Gaule, c'est ça ?

– Oui. Le christianisme s'est imposé, avec son obscurantisme. Le Moyen Âge était très macabre en Europe. On est partis dans le monde arabe, qui expérimentait son âge d'or. Mère a voulu revenir. Ses racines lui manquaient. Quelques années plus tard, elle a trépassé.

– Condoléances.

Ewen hausse les épaules.

– Pour être honnête, je n'ai pas eu tant de peine. J'avais besoin d'indépendance. Mère était une sauvage. Elle venait d'un temps où les hommes érigeaient des menhirs pour des dieux capricieux, un temps où l'on domestiquait laborieusement les bêtes. Elle ne parvenait pas à s'adapter à la modernité. Sa mort m'a soulagé, en un sens. Me juges-tu méchant ?

Une gorgée de Kremmig. Ou deux. Ou trois.

– Non. Moi aussi j'ai des problèmes avec ma daronne. Comment est morte la vôtre ?

– Des hommes d'Église l'ont brûlée en 1431. Sorcellerie.

– Elle s'est laissé mener au bûcher ? Vous les vampires vous êtes costauds. Et rapides. Elle aurait pu se défendre, non ?

– Elle n'avait plus envie.

Les yeux d'Ewen ressemblent à du charbon. Il les promène sur les dahlias. Sur mon cou et ses artères. Je retiens mon souffle.

– Qu'est-ce que vous avez fait, seul ?

– J'ai passé du temps en Transylvanie.

– Vous vous moquez de moi ?

– Pas du tout.

– Les Carpates, Vlad Tepes ? Vous me prenez pour une bille ?

Quand Ewen sourit, son visage s'épanouit. Rond, blafard. Une lune miniature.

– Ça m'épatera toujours.

– Quoi ?

– Comment la postérité choisit tel ou tel vampire et le hisse au rang de légende. Vlad n'avait rien de remarquable par rapport à certains de mes amis. Lestat, à la limite.

– Lestat de Lioncourt ? Le vampire d'Anne Rice ? Genre… il est réel ?

– J'ai passé trois décennies avec lui, à La Nouvelle-Orléans.

On sirote, on s'étudie mutuellement.

– En 1895, j'ai rencontré Nico. Nous l'avons fondée ensemble, la communauté de Brocéliande.

– Tout ça pour échouer au *Chez Simone* en ma compagnie.

Il glousse. Moi, je commence à me sentir pompette.

– Le destin est ironique.

– Vous avez… je sais pas… des projets pour l'avenir ?

– Oui. Geler.

Je tressaille dans mon fauteuil.

– Quoi ? Non ! Pourquoi ?!

– Parce que je n'ai plus la force. Je n'ai pas consommé une goutte de sang en dix ans.

Sans réfléchir, je retrousse la manche de mon pull.

– Buvez le mien.

Encore une fois, il sourit.

– C'est gentil de proposer. Je n'ai juste plus faim.

Le Kremmig ronronne en moi. Je suis épuisée. En silence on se fixe. C'est douloureux. Figé. L'alcool a resserré l'espace autour de nous. Le temps. Ne subsiste que cette arrière-salle, cette fin après-midi. Ça devient un abri, une bulle. En dehors d'elle, le vide.

Ewen soupire.

– Virgile m'a parlé de toi.

– Mon Virgile ?

– Oui. Nous nous sommes entretenus. Il est sensible.

– Sensible ? La linguistique a fluctué au cours des siècles, mais là, y a erreur.

– Il ne comprend pas ce qu'il est, qui il est. Ça viendra. Or il passera par des périodes d'anéantissement. Parfois il voudra mourir.

– C'est le cas.

– Tu lui as redonné de l'espoir.

– Peut-être. C'est trop dur. La semaine dernière je croyais que c'était un type un peu geek et isolé. Ce que j'ai découvert… son passé… les meurtres…

J'époussette Louis XIV sur mon sweat. Ewen a-t-il connu le Roi-Soleil ? Ewen, l'enfant vampire de deux millénaires à qui je livre mes déboires sentimentaux.

– Tu as déjà perdu quelqu'un, Bloom ?

– Ma grand-mère.

– Tu l'as sentie ? La morsure du chagrin ?

– Oui.

– Tu perdras d'autres personnes. Tu vivras des ruptures, la maladie, des épreuves, tu réaliseras tes rêves. La morsure se dépliera, plus avant à chaque fois. Jusqu'à ce que tu deviennes l'une de ces vieillardes creuses et sérieuses. Tu n'auras alors que 70 ou 80 ans. Tu accueilleras la mort, soulagée. Imagine l'ampleur de la morsure, à l'échelle de nos existences à nous.

– Vous dites que je réaliserai mes rêves. Pourquoi ça me rendrait triste ?

– Les rêves sont similaires aux astres. Un bouquet de lumières inatteignables. Cueillir une étoile, c'est l'éteindre. Au bout de plusieurs siècles, le ciel se fane et noircit.

Virgile m'a parlé de toi.

Je le visualise en Louisiane et ailleurs, les nuits où.

– Qu'est-ce qu'on fait des tueries ?

Ewen m'adresse un fragment de sourire.

– Les vampires sont des prédateurs, Bloom. Ils chassent dans le but de survivre. Il me semble que les humains ont ce rapport aux animaux, non ?

– On n'y prend pas plaisir.

– Ça ne vous endeuille pas non plus. L'élevage tue cent milliards de bêtes par an, soit 96 % de la faune. Vous avez transformé la planète en camp de concentration. Tu les as probablement vus, ces clichés de poules en batteries ? De pêche industrielle ? Quand les filets se soulèvent, la pression est telle que les entrailles des poissons leur sortent par la bouche.

– Je suis végétarienne. Et c'est quoi votre propos ? Les vampires sont écolos ?

– Les vampires n'élèvent pas les humains dans des fermes où les femelles seraient inséminées, tuées à la ménopause. Des fermes où l'on sélectionnerait les nourrissons selon la tendreté de leur chair, où l'on sacrifierait les mâles dans des broyeuses. La plupart des vampires respectent les humains. Certains vont jusqu'à en tomber amoureux. Il me l'a confié, Bloom. Il t'aime.

Je me ressers du Kremmig.

– C'est trop dangereux.

– Ah ?

Le regard charbon d'Ewen est niché dans le mien.

– En vingt siècles, j'ai élucidé ceci : les âmes se divisent en deux catégories. Celles qui recherchent la sécurité, et celles qui ont soif de liberté. Que réclame ton âme ?

Quelque chose cède en moi.

Ça tourbillonne, ça m'ensevelit.

Peut-être que c'est l'alcool de pomme.

Peut-être que c'est le territoire breton et sa magie cheloue.

L'alcool de pomme, probablement.

Je bondis sur mes Doc et j'embrasse la joue d'Ewen.

– Merci.

– Bon vent, ma chère.

J'attrape mes bagages, je m'évapore.

Ma valise cogne le comptoir du *Chez Simone*. La patronne m'envoie un clin d'œil, les vieux trinquent. Seule dans l'obscurité, j'éclate de rire. Pleinement, sans entraves.

Je me mets à courir.

Consistance de brume. Les viscères dehors. À l'envers.

La suite va vite, ressemble au chuintement d'une étoffe ou à des bulles de champagne.

Virgile m'aime, moi aussi.

On est libres, libres, libres.

C'est un revirement ; c'est déraisonnable.

Parce que je suis bourrée.

Je ne culpabilise même pas.

Pourquoi je culpabiliserais ?

J'ai essayé de ne pas l'aimer, ça ne fonctionne pas.

Ce serait quoi la solution ?

Ablation du cœur ? Lobotomie ? Couvent ?

Qu'ai-je de mieux à foutre, ce soir, que l'aimer ?

Et demain ?

J'emmerde demain.

J'emmerde demain et je refuse de bâcler nos adieux.

Je regagne la chambre. Virgile n'y est pas. Ce n'est pas grave, c'est parfait. J'éventre ma valise. Je sais. Je sais déjà : ma robe d'amour. Elle est courte, noire, en coton froissé. Dessus, des centaines de mini-plantes carnivores, vert fluo. Ma robe favorite, pour lui. Je brosse mes cheveux. Volume-volume-volume. Sur le lit, les couvertures modèlent un orage. La nuit dernière ; lui, moi, trop d'orgasmes pour compter. Je m'agite, je me parfume.

Puis je me stabilise, et je ressens, et je ressens si fort. Chacune de mes émotions. Je suis enivrée, pathétique, désolée, euphorique, paumée, morte de trouille, égoïste, amoureuse à crever.

A.M.O.U.R.E.U.S.E.

Rouge à lèvres groseille.

Virgile, où es-tu ?

Ton odeur imprègne le lit, mon corps.

Où es-tu ?

Il est minuit.

C'est à *L'A. S. LaVey* que tu te caches.

Soirée d'admission.

Et demain ?

J'emmerde demain.

Couloirs, allez ! Je croise du monde. Les autres. Ils sont admirables soudain. Ça me frappe. Admirables que j'en éclaterais en sanglots. Pulsion : les embrasser.

– Tiens, je croyais que t'étais partie.

Dylane.

Une idée me traverse l'esprit. Ce qu'il reste de mon esprit. J'attrape la sirène par le coude. Gris de ses yeux, tatouages aquarelles, chignon explosif de mèches multicolores. Je lui parle, supersonique et décousu. Je la remercie pour le venin de méduse. Quand même, Dylane m'a sauvé la vie. J'enchaîne, je lui affirme que c'est un miracle, cette rencontre dans le couloir. Au fur et à mesure ses sourcils se tractent vers le bas. Elle trouve mon plan ridicule.

Elle dit : *Pourquoi pas, c'est toi qui te tapes la honte, moi je m'en fiche.*

J'ajoute : *Le riff est tout con, toujours le même.*

Je suis à *L'A. S. LaVey* avec elle.

En coulisse.

C'est précipité, est-ce que je vais y arriver, je doute, avouons je flippe, ça me file des envies de chouiner. En plus je songe à Ewen. Son histoire est déchirante, si cruelle, mes cils se mouillent. Je suis soûle, défractée, je regrette, trop tard : le rideau me dénude.

Dès que je foule l'estrade du pied je la sens grincer – avec acuité, vu que j'ai oublié d'enfiler des chaussures. Le projecteur m'aveugle. En dessous, cent paires d'yeux qui passent à travers moi et me picorent. J'aimerais reculer ; Dylane a commencé la guitare.

Un riff tout con, toujours le même.

Le micro m'attend.

J'accepte tout. La fonte du ventre, les mains poisseuses, l'absence de salive dans ma bouche. Oh, j'y pense. Il ne le sait pas encore, lui, combien je l'aime. À quel point je suis empoisonnée d'amour. Je vais lui expliquer. Est-ce que ça lui flanquera des frissons ?

J'ouvre la bouche.

I saw you standing in the corner
On the edge of a burning light

I saw you standing in the corner
Come to me again in the cold, cold night[1].

Est-ce que tu m'aimes ? Où es-tu, je ne te vois pas. C'est cette lumière en forme de hache. Criarde. C'est l'incendie dedans. Je me sens si vulnérable, géniale, je n'ai jamais fait ça, oser pour quelqu'un, j'espère que ça te touche. Où es-tu ? Tu m'aimes ?

Je te trouve.

Tu me regardes – aïe, l'intensité de tes yeux.

T'es surpris au début, ensuite troublé.

Mon cœur s'embrase, mes organes, un par un. Combustion spontanée. C'est toi. Juste toi en existant. Merci d'exister. Cette relation a débuté si sottement. Par des cils, des plis de t-shirt. Ton parfum.

Depuis il y a la façon dont tu fermes les paupières quand tu jouis.

Hmm, et ta voix.

Je te jure qu'elle me fait mal.

Physiquement.

C'est elle qui a tracé des stigmates en moi, j'arrive pas à guérir.

Pourquoi j'essaierais ?

Tu es ma maladie fétiche.

1. "Je t'ai vu debout dans un coin
Sur le bord d'une lumière brûlante
Je t'ai vu debout dans un coin
Reviens-moi, dans la nuit froide."

Donc je chante.

Toi aussi tu as chanté pour moi, ce matin.

Bientôt ça applaudit.

Je ricane, je m'empourpre, excuse-moi, je n'ai que 19 ans tu te souviens, une gamine, une gamine en robe, j'ai chaud et toi tu te mordilles la lèvre.

Retour à la réalité, je me racle la gorge.

– Bref, je voulais dire… Je t'aime Virgile.

Rires huileux des monstres.

Ils se moquent et on s'en fout et tu marches les poings serrés et j'hyperventile et tu surgis si fougueusement que ma robe d'amour voltige et tes grandes mains se déplient l'une se referme sur mes reins la deuxième dans mes cheveux et tu m'embrasses les yeux fermés.

18

The Cure, *Lullaby*

Ses bras en étau autour de moi. J'observe les détails. Veines bleues, vertes, qui déferlent jusqu'à ses mains. Si larges, si élancées. Doigts de musicien, incontestable. Les poils fins, presque blonds. Les nœuds des poignets, des coudes. Des égratignures et des hématomes.

On évoque souvent les dégâts de la gueule de bois. Mais la redescente de l'amour ?

J'ai le ventre en houle, des suçons partout. La simple vue de ses bras fait friser la chair de poule sur les miens. Sans bruit – je ne veux pas le réveiller – j'incline la tête vers mon téléphone.

01 h 21.

Cette fois, au lever du soleil, il faudra que je m'en aille. Pour l'instant son souffle ricoche contre ma nuque. Par intermittence il remue dans mon dos. Est-il en train de rêver ? De moi ?

Avec précautions je passe en position assise puis je pousse sur mes poings.

Je dois essayer quelque chose. N'importe quoi. C'est ma spécialité, n'importe quoi. À même le parquet je repère ma culotte. Elle s'enroule dans le t-shirt de Virgile. J'enfile les deux, un slim et mes Doc. Je lisse ma frange, je tourne en rond. Peut-être que je pourrais négocier avec Nico ? Demander une journée supplémentaire ? Dérisoire. C'est tout ce que j'ai. Oui, ça se tente. Des relents d'alcool m'encouragent. Je me rue vers mon sac. Voilà, un stylo, du papier. Je griffonne à la va-vite, je m'éclipse de la chambre. Pointes de pieds en plumes.

Je rejoins le bureau de Nico.

Est-ce que la harpie est là ? Est-ce qu'elle dort ?

La porte est entrouverte. Il y a du mouvement. Beaucoup de mouvement. Des voix. Certaines que je reconnais – Arnold, Nico – d'autres que je n'ai jamais entendues.

À l'arrêt, j'écoute.

– Nico, revenez à la raison !

– Tais-toi Arnold ! C'est un ordre. J'ai trop attendu…

– Madame, si vous me permettez… Nous devions ne plus nous soucier du monde extérieur. Renoncer à nos missions passées. La discrétion est le prix de notre quiétude.

– Nienor a raison. Un projet d'une telle envergure… Les humains vont suspecter que…

– Les humains ont toujours été décérébrés ! Aveugles ! Si peu d'entre vous me comprennent, c'est navrant. Je suis déçue. N'avez-vous aucune loyauté ? Et quel manque de vaillance !

– Aucune loyauté ?

La dernière phrase venait d'Arnold, ses mots se sont brisés comme du verre. Un rai de lumière jaillit par l'entrebâillement de la porte. J'y glisse mes yeux.

Nico est raide à son bureau.

Ses cheveux roux flottent autour d'elle, piqués d'une couronne de narcisses. Une robe drapée s'échancre le long de ses cuisses. Elle porte des bijoux en résine aux chevilles, au cou.

À sa gauche, Arnold frappe le sol du talon.

En face, trois personnes dos à moi. Deux femmes et un homme. Lui, je l'ai déjà aperçu : cet escogriffe gothique, couvert de poussière, qui m'avait louché dessus dans un couloir.

Nico brandit le menton en l'air.

– Ma décision est prise. Ceux qui ne soutiennent pas mes desseins sont invités à se retirer. Immédiatement. Pour les autres, j'exige le silence. J'ai besoin de me concentrer.

Une onde d'hésitation tremble dans la pièce.

Personne ne bouge.

– Bien.

La harpie pose les mains à plat sur son bureau. Elle inspire, paupières closes. Ses ailes de vautour se déplient à partir des omoplates. Couleur boue, hérissées. À la place de ses ongles poussent de larges serres. La peau de ses bras devient jaune, granuleuse.

– Nico...

Arnold enlève son tricorne, l'abandonne sur l'étagère. Ses traits sont bousillés de malheur. Il attrape une dague à côté de son chapeau. Se jette sur sa maîtresse.

– Je ne peux pas vous laisser faire.

Elle est plus rapide que lui. Plus rapide que Virgile, plus rapide que ce qu'un regard peut capter. Il s'est passé quoi ? Pas la moindre idée. Reste qu'Arnold s'est figé. Les yeux révulsés, la bouche ouverte en grand, un hoquet suspendu sur la langue.

Sa chemise est déchiquetée au niveau du torse, la mousseline exhibe un sirop grenat.

Ça goutte sur le parquet, ça éclabousse les bouquets de mimosa.

Entre les serres de Nico, de la viande.

Qui pulse.

C'est son cœur.

Arnold s'écroule.

Cette odeur de pourriture... le rouge qui souille... je me penche, je gerbe.

– Toi ?

L'apostrophe ressemble à un coup de couteau.

– Lycose, saisis-la !

Pas le temps de riposter, le gothique est à ma hauteur. Il tenaille mes coudes d'une main, férocement, de la seconde il m'enserre les mâchoires. Puis son genou emboutit mes reins pour m'obliger à avancer. En quelques foulées, je suis devant Nico.

Elle lèche son index, me sourit.

– On ne va pas se mentir, je ne t'apprécie pas.

La parka du gothique dégage un arôme rance qui m'obstrue la gorge. Ça me fait tousser.

– Je ne vous apprécie pas des masses non plus...

Nico tend les paumes vers le plafond, toise les femmes. L'une est jeune, asiatique. La deuxième a de longs cheveux lumineux dont dépassent... ses oreilles en pointe.

– Vous voyez ? Les humains sont ignares, téméraires. Celle-ci est amoureuse de son vampire et c'est réciproque. Une véritable honte ! Jamais on ne devrait s'infatuer de nos inférieurs.

Je me débats, l'escogriffe est trop puissant.

– Que faisons-nous d'elle ?

L'Asiatique, en fond. Nico fronce les sourcils.

– Elle s'est acoquinée avec un prédateur, elle est venue ici de son plein gré. Elle doit être suicidaire. Ou totalement stupide. Personne ne la cherchera.

Les femmes s'agitent, Nico pèse ses mots.

– Lycose ? Cela t'égayerait-il de tisser une toile ?

Derrière moi, le type ricane. Son haleine m'arrache une grimace.

– Vous m'honorez, Nico.

"Oreilles pointues" proteste :

– Tuer l'humaine serait un sacrilège !

– Demain ils auront tant de morts à pleurer qu'une de plus ne devrait pas nous porter préjudice. Lycose, emmène-la. Tu as ma permission.

La harpie désigne la sortie.

Je veux hurler mais Lycose étale ses doigts contre ma bouche. Ils sont effilochés, blanchâtres. Leur contact me dégoûte. Je lutte, je donne des coups de pied en gélatine. Zéro résultat. Lycose m'entraîne dans les couloirs. Évidemment cette fois, on ne croise personne.

Bordel… Arnold. La mélodie de ses os qui chutent.

On prend un escalier, on marche hâtivement.

Je suis en lévitation entre les bras de Lycose.

On descend toujours plus bas dans les entrailles souterraines.

Finalement il ouvre une porte, la referme sur nous et me lance au sol. Je m'écrase, mon slim se lacère au genou. La douleur gicle, acide. On est dans le noir complet, je ne constate pas l'étendue de ma blessure. Juste… je me recroqueville. Je m'enlace. Mon pauvre corps sous le t-shirt de Virgile. Virgile. Du bout des doigts, je tâte le sol. C'est de la pierre.

Réflexe de survie ; il faut que je parle.

– Lycose ? Vous êtes là ?

Pas de réponse. Des grattements, des pas. Le diamant d'un tourne-disque qu'on dépose sur un vinyle. Ça grésille. Une chanson des Cure. *Lullaby*.

– Lycose ? S'il vous plaît…

– Tu gâches ma musique !

L'escogriffe se met à fredonner le couplet.

Enfant, je ne craignais pas les ténèbres. L'oubli est réparé. Je bascule à quatre pattes, je tâche d'avancer. En palpant la roche. En retenant mes larmes. Mon genou s'écorche à chaque progression. Tant pis. *Concentre-toi.* La porte est droit devant, je suppose.

– Ma petite puce ! Où cours-tu ainsi ?

Je m'arrête. Puis j'accélère. Lui s'esclaffe. Je le perçois se déplacer dans les environs. J'entends ses fringues gargouiller. J'entends sa respiration.

Ça ne m'est arrivé qu'une fois, la violence. Je trottinais dans la rue une nuit, retour de fête. On me suivait. Un mec glauque, le scénario classique. Il pleuvait, j'avais peur. Tellement peur que mes oreilles bourdonnaient. Lampadaires qui ne servent à rien, voitures éparses. J'étais trempée. Moitié l'averse, moitié la sueur. Mon parapluie valsait sous ma main, je le cramponnais à m'en faire mal. Et puis je ne sais pas. Un instinct. La colère. Marre du statut de victime. Je n'ai pas modifié mon allure. J'ai même ralenti. *Laisse-le approcher.* Quand je l'ai deviné dans mon dos, le temps a stoppé. Demi-tour, coup de parapluie à la gueule. Net et précis. J'ai détalé, les poumons en feu. Une fois dans ma chambre j'ai vu : il y avait du sang sur mon parapluie.

Pitié, que ça me reprenne.

Me battre, être une guerrière.

Une héroïne de série.

Ou qu'on me file du venin de méduse.

Je vais… pisser dans mon slim.

Mourir gratos.

– Nico se trompe. Des gens vont me chercher.

– Ah oui ? Qui donc ?

– Virgile. La patronne du *Chez Simone*. Ma sœur.

Il glousse.

– Tu n'as aucune idée ce qui va advenir cette nuit. Je te l'assure, personne n'aura le loisir de chercher personne. Toi et moi en revanche, nous serons à l'abri.

Qu'est-ce qu'il raconte, putain ?

Pas grave. L'amener à bavarder constitue un bon plan. Je gagne du temps.

Enfin j'espère.

– Cette nuit ? C'est Nico ? Qu'est-ce qu'elle va faire ?

– Remplir son rôle ! Nico est une harpie, fille du vent. Elle est censée déchaîner les tempêtes de la vengeance.

Sa voix change. Apparemment le sujet l'agace. En filigrane retentissent des sons étranges. Mélange de cliquetis et de déchirure, comme s'il réduisait du tissu en charpie.

Ne-pas-en-tenir-compte.

– C'est-à-dire ?

– Depuis que les créatures surnaturelles se tiennent à l'écart des humains, vous proliférez. En toute impunité, sans régulation. Vous êtes de plus en plus nombreux. De plus en plus vicieux et de plus en plus insolents. Quelqu'un doit rétablir un peu d'ordre, ne crois-tu pas ?

Je rampe, mon front cogne le mur.

Pour masquer l'impact, je renchéris :

– Vous me trouvez vicieuse en ce moment ?

– Je te trouve à ma merci.

Mes mains épousent le mur, je force sur mes talons, lentement, dans le but de me relever. Mes articulations craquent, mon souffle s'affole. Ça va aller. Je dois localiser la porte.

– Vous parliez de rôle. C'est ça le vôtre ? Martyriser les jeunes femmes ?

– Là, je suis en récréation. Mon rôle est d'habiller mon entourage.

– Habiller votre… ? Pardon ?

– Je suis un Arachnéen. Ma race a été chassée jusqu'à l'extinction pendant l'Antiquité. Il doit rester… combien… une centaine d'individus autour du globe ?

– Un Arachnéen ?

Je manque de m'évanouir. Mon pouce effleure… une poignée. Je mesure mes gestes, j'enroule ma main sur le métal. Une seconde. Dans une seconde j'ouvre et je me tire.

Sauf que.

Un flash de lumière brûle ma rétine.

Lycose me bouscule, mes rotules couinent. Je bats des cils. Alors je découvre. On est dans une espèce de crypte. Les murs en pierres sont irréguliers, burinés d'une dizaine de torches qu'il a allumées. Comment ? On s'en fout. Sous mes paumes, une couche de poussière.

Et au milieu de cet endroit sordide…

… une toile d'araignée géante.

Deux mètres sur deux, peut-être plus.

Lycose est proche.

C'est ma dernière chance.

Je saute sur mes Doc et je fonce vers la porte. Aussitôt ses doigts me harponnent. Je le regarde. De près il est vraiment répugnant. Ses cheveux noirs dégoulinent sur son visage émacié. Ses yeux ont l'air en cire de bougie. Sans compter qu'il empeste.

D'une impulsion il me précipite dans la toile.

Visqueuse, glacée. Bizarrement onctueuse. Je me démène. Trop tard. Mon dos est déjà englué. Les fibres de soie se torsadent à mes mollets, à mes coudes.

Lycose soupire, roule des épaules afin d'ôter sa parka. En dessous, je suis étonnée par le raffinement de sa chemise. Un jabot délicat, genre brouillard du matin.

Il enfouit le nez dans sa manche.

– Tu aimes ma soie, petite puce ?

Faudrait lui cracher à la tronche.

Pourtant je bataille moins. Je contemple les fils laiteux. Ils taquinent mes hanches. Ça me repose. L'impression de me blottir dans des draps propres. Oh ?! Il me semble… oui. Mes cheveux se décolorent, mèche après mèche. Virent blanc neige. Et mes lèvres. Elles aussi prennent une teinte dentelle, je le ressens.

Lycose sourit.

Je me surprends à lui sourire en retour.

Il oscille dans ma direction. Extirpe de longs ciseaux d'argent de sa poche. Me titille la joue avec. Je devrais angoisser. I-m-p-o-s-s-i-b-l-e. Les lames découpent mes vêtements. Mon slim, le t-shirt de Virgile. J'admire l'adresse de Lycose. Sa chorégraphie impeccable. C'est un véritable génie. Mes fringues s'affaissent au sol. Elles me paraissent sales, d'un coup. Des pelures. Mes fringues sont à terre or je ne suis pas nue : une robe me lèche la peau et s'entortille autour de moi. Elle m'arrive à mi-cuisse, sculpte ma taille, rehausse mes seins. Des rubans de soie irisée se lient à mon cou. À mes poignets, à mes chevilles. Un lacis de volutes.

Lycose recule, visiblement fier.

Puis il plisse le front.

Porte les doigts à sa bouche.

– Ça te plaît ?

– Oui !

– Il manque deux-trois finitions. Cependant, dans l'idée…

– C'est un chef-d'œuvre !

– Merci ! J'en déduis que tu es prête ?

– Certainement.

Lycose dévoile ses dents. Des crochets gigantesques qui le défigurent. J'ai envie d'applaudir. Dommage, je suis prise au piège.

Quoi qu'il en soit je sais : je vais mourir dans ma plus belle parure.

19

Jean-Baptiste Lully,
Les Folies d'Espagne

Paris, octobre 1758

La nuit ruisselle sur les environs, escortée par un froid qui me ronge les os. Je m'efforce de me soulever, de m'adosser au mur. J'espère que personne ne viendra me déloger de mon trou – l'arrière d'une parfumerie, encaissée à la jonction de deux rues.

Tant qu'il faisait jour, on ne me remarquait pas.

J'étais assis, la tête vrillée par le cri des marchands, le jappement des petits, les outils des artisans, infatigables sur l'enclume. Il y a tellement de nécessiteux et d'ivrognes dans Paris que personne n'a fait attention à moi. Maintenant le bruit s'estompe. Ne restent que les roues des charrettes sur le pavé, la rumeur lointaine de ceux qui s'enivrent dans les cafés.

J'ai peur.

C'est l'heure où la ville prend des allures de coupe-gorge.

D'habitude je ne crains pas les mésaventures. Ni les bagarres. Or ce soir je sens que la vie m'échappe. Je n'ai rien avalé depuis hier. Une porteuse d'eau m'a fait boire à l'aube. Demain, je n'aurai pas le courage de la héler. Dormir je n'ose pas. On me volerait mon médaillon. C'est tout ce que je possède. Il faudrait que je le joue aux cartes. Que je ne perde pas. Oui, je le joue, je m'achète du pain, une livre de viande, je garde quelques pièces pour des vêtements neufs. Et je tâcherai de me trouver une place dans une boutique ou un atelier.

N'importe où.

Je touche mon front.

Le sang a séché, la plaie remonte jusqu'à mes cheveux. Mes paupières ne dégonflent pas, elles me font souffrir. À chaque fois que je remue les lèvres, les croûtes qui s'y sont formées se fendillent. Je regarde mes mains. Poisseuses, rouges. Si je pouvais les rincer.

Là, une flaque entre deux pavés.

Je bascule sur les genoux. Ce mouvement m'épuise. J'avance, je plonge les phalanges dans les interstices humides. Mes ongles heurtent la pierre, elle a une densité de vase, la puanteur qui va avec. Tant pis. Je m'asperge la nuque, le torse. Quand l'eau atteint une énième éraflure, je réprime une lamentation. J'essaie de décoller de ma chair les lambeaux de ma chemise, ils tirent et lancent, je capitule. Puis j'aperçois mon reflet à la surface de la flaque. Une envie de pleurer me saisit. Je serre les dents. Je refuse de m'apitoyer. Si je dois mourir, ce sera en homme digne. Sans larmes. À grand-peine, je me réinstalle contre le mur, laisse mon crâne adhérer à la pierre. Je ferme les yeux. L'image de mon père me hante. La fureur d'une bouche retroussée, qui postillonne. Les muscles imbéciles, forcenés. Maman prostrée dans un coin. La marmaille sous la table. Ils chouinaient, terrorisés. Oh, père, si j'avais vu le premier coup venir.

Quelque chose me chatouille.

C'est un rat. Je tends l'index vers lui, il me renifle. Sa fourrure est douce. Je tousse, le rat décampe. La quinte de toux, elle, demeure. Mes côtes se brisent par-dessus mes poumons. Je monte les cuisses contre le buste, je les entoure de mes bras. Et je cesse de lutter.

– Tu dois avoir froid.

La voix est angélique.

Je m'entends murmurer :

– Il faut savoir apprécier les nuits d'automne.

Elle rit. Cela ressemble à du cristal. Ou au chant d'un oiseau. Je rouvre les paupières. L'obscurité étreint les rues de Paris. Je hume les effluves de fumier, de cette nourriture avariée que les marchands ont abandonnée sur leurs étals. Les effluves d'urine aussi. La Seine qui macère. Dans cette fange, elle paraît irréelle. Je dois la rêver. Ou être mort.

Elle approche et sa toilette m'hypnotise.

Une robe en satin bleu, brodée de motifs fleuris. Je vois des dentelles, des perles, des bijoux. Sa coiffure est extravagante, parée de fils d'or. Deux mèches blondes chutent sur ses seins – ronds, voluptueux. Si c'est cela rendre l'âme, je suis prêt. Impatient même.

– Tu es Virgile, le fils de mon tailleur. Je me trompe ?

Je bats des cils.

– Marquise… ?

J'ai oublié son nom, je me souviens seulement de son titre. Plusieurs fois j'ai accompagné mon père chez elle, à Versailles.

– Je m'appelle Hortense. Mais si tu le désires, pour toi ce sera "Marquise".

Elle me tend une main blanche, lourde de bagues.

– Viens. Je prédis que si tu continues à apprécier les nuits d'automne dans cet état, tu ne pourras guère profiter des nuits d'hiver.

J'attrape sa main. Disons que je m'y accroche. J'ai honte. Honte d'être si faible. Au moment de me mettre debout, je trébuche. Elle me soutient par le coude et glousse une deuxième fois.

Ma misère l'attendrit.

– Je vais prendre soin de toi, Virgile.

Nous nous dirigeons vers un fiacre. J'ignore comment je parviens à poser un pied devant l'autre. L'orgueil, probablement.

– Au château, Jean. Vite !

Le cocher nous installe. J'entends le hennissement des chevaux, leur souffle, le fouet qui cingle sur leurs croupes. Le ballottement du fiacre me laboure le squelette.

– Du calme…

La Marquise est agenouillée près de moi, elle me caresse les cheveux pendant que je me tiens les flancs. Je gémis, je ne sais plus, il me semble que je m'évanouis un instant.

– Jean, aide-moi.

Des bras masculins me maintiennent au niveau des aisselles. Mes jambes n'obéissent plus, mon menton fléchit. Autour de nous des statues, des miroirs, des tableaux plus hauts que moi. Nous sommes à Versailles. Bientôt, on rallie les appartements de la Marquise.

Oui, je me rappelle cet endroit.

Les murs sont blancs, agrémentés de moulures. Il y a une coiffeuse en bois précieux, une table dont les pieds sont dorés à la feuille, des fauteuils et des banquettes tapissées de brocarts. Dans une alcôve, derrière des baldaquins, le lit. Et partout des pendules, des flacons, des peintures, des porcelaines, des vases emplis de lys, de roses, de pivoines.

– Marie ?

Gentils pas empressés, arrive une jeune fille. Elle a les cheveux ébène, des yeux vifs et une bouche écarlate qui m'évoque une fraise. Je l'ai… déjà rencontrée.

Elle rougit.

La Marquise s'amuse de notre trouble.

– Tiens donc. Ainsi, lorsque je choisis mes robes avec mon tailleur, ma femme de chambre s'adonne aux plaisirs interdits ?

Marie fixe le sol sans répondre.

Je voudrais prendre sa défense, rejeter la faute sur moi. Prétendre que je l'ai courtisée et que je me suis montré insistant. C'est une fille du peuple. Rien ne l'attend en dehors du château. Le couvent ou le bordel. Une place de bonne à Versailles ne se gaspille pas.

À nouveau, je trébuche.

– Rends-toi utile, Marie, va chercher des seaux pour remplir la baignoire. De l'eau chaude, presque brûlante. Tu y ajouteras de l'essence de fleur d'oranger et cette pommade au bois de santal qui vient des Indes.

– Oui madame.

Marie se retire après une révérence confuse.

La Marquise se retourne vers moi.

– Nous allons te décrasser, ensuite tu prendras un repas. Que voudrais-tu manger ?

– De la glace à la poire.

– Tu es à l'article de la mort et tu réclames des friandises ?

– Il m'apparaît que c'est maintenant ou jamais.

Elle s'humecte les lèvres.

– Certes. Je ferai demander de la glace à la poire.

– Comment vous remercier, Marquise ?

Sa tête vacille vers son épaule.

– Déshabille-toi.

– Hein ?

– Pour le bain. Déshabille-toi.

Hortense sourit. Son calme a quelque chose d'humiliant. J'ôte mes loques, maladroit. Les rognures de chemise d'abord, mes chaussures. Le bas. Chaque geste est un supplice. Quand même, je pose une main sur mon sexe.

D'une démarche animale, elle me rejoint.

Ses ongles roulent le long de mon anatomie. Sur la chair à vif, les contusions. Sur mon ventre. Je m'empourpre. C'est une belle femme, plus âgée que moi d'environ six ou sept ans. Elle m'a sauvé la vie. Malgré cela je me sens gêné. À sa merci.

Sa main se love dans la mienne.

– Suis-moi.

*

Versailles, novembre 1758

Ce sont leurs éclats de rire qui me tirent des limbes.

Je cligne des yeux.

Ils sont trois.

La Marquise, allongée sur l'une des banquettes. Elle a poudré ses cheveux. Lâches, ils chahutent ses épaules et son décolleté. Elle est quasiment nue : ses jupons blancs et un corsage serti de froufrous dans les tons pastel. L'homme qui parle est assis en face d'elle, près de la table. Vêtu de souliers à boucles, de hauts-de-chausse et d'une chemise à jabot. Ses cheveux sont bruns, longs, retenus par un ruban. Il doit avoir une trentaine d'années.

– Comment se porte Louis XV ?

– Oh… il a toujours eu le tempérament triste, mais la tentative d'assassinat de l'an dernier l'a encore assombri.

– Un chagrin dont vos charmes viennent à bout, n'est-ce pas Hortense ? Il n'est rien qu'une nuit en votre compagnie ne puisse panser.

– Je confie notre roi aux soins de la Pompadour. Elle sait le réconforter. Moi il m'ennuie lorsqu'il broie du noir.

– Tu sei il Diavolo, *Hortense*[2] *!*

– Le Diable, moi ? Je suis une femme, Giacomo, je n'ai guère le choix. C'est ce à quoi nous réduit l'indolence des mâles.

Elle enroule une mèche autour de son pouce.

J'esquisse un mouvement. Comme je m'en doutais, elle m'a ligoté. Deux rubans enchaînent mes poignets au montant du lit. Combien de temps j'ai passé au château ?

2. "Toi, tu es le Diable, Hortense !"

Plusieurs semaines. Depuis qu'elle m'a recueilli, je n'ai pas quitté ses appartements.

Au début je ne m'en plaignais pas.

Jamais je n'avais couché dans des draps de soie, enlacé par une femme si majestueuse. Elle m'a habillé, nourri, lavé. Nous faisions l'amour. Sauf qu'un soir, elle m'a mordu.

– Hmm, délicieux ! Qu'est-ce donc ?

L'Italien a servi un verre à Hortense.

– De l'amaretto, une liqueur à l'amande. Je l'ai ramenée de Lombardie spécialement pour vous.

– Oh, Casanova ! Chacune de vos visites est un ravissement. Il faut que vous veniez me voir plus souvent, sans vous Versailles languit. C'est valable pour vous également, Lully.

Le troisième homme lui adresse une moue courtoise. Puis il réajuste sa veste de brocart, sa perruque baroque. Il a l'air plus âgé qu'eux. Plus ennuyé. À ses pieds dort un étui à violon.

Casanova s'esclaffe.

– Débusquer Lully de sa tanière ? Voilà un exploit !

– Très cher, siffle Lully, c'est le privilège d'être publiquement "mort". Je n'ai plus à me soumettre aux ronds de jambe et je fréquente qui il me chante de fréquenter. Peu d'aristocrates, donc. À mon sens ce siècle manque cruellement de hardiesse et de bons musiciens.

Ils sirotent leur liqueur.

J'essaie de ne pas attirer l'attention sur moi. C'est difficile : il y a huit jours j'ai contracté une fièvre. Je sue, je délire, je tremble. À cause des morsures qui me criblent le corps. Certaines sont putrides, elles suintent. J'en ai sur le bassin, le torse, les bras.

Le contact des draps me fait mal.

D'abord, j'ai présumé qu'Hortense avait des fantaisies. Jusqu'à cette fois où je me suis senti défaillir. Sa bouche était rivée à mon cou, elle ne me lâchait plus. J'ai fini par comprendre. Elle buvait mon sang. J'ai voulu la repousser mais elle m'a maîtrisé avec une facilité déconcertante. Hortense… n'est pas humaine. Une sorte de démon.

Ces deux hommes semblent de la même race qu'elle.

Aussi je me fais discret.

De toute façon je suis étourdi. Nu et attaché. La Marquise me garde en vie, de justesse. Elle me laisse parfois m'assoupir. Ou cicatriser. Le reste du temps elle me dévore.

– Au sujet des musiciens, des nouvelles de Farinelli ?

Casanova réplique :

– Pourquoi nous demander cela à nous, Hortense ? Sommes-nous censés connaître tous les Italiens de la création vu que nous en sommes nous-mêmes ?

– Allons Giacomo, ne soyez pas susceptible. Cela me donne envie de vous embrasser.

Il se mordille la lèvre. Sous la table, ses mollets s'étendent en direction de la banquette où elle se prélasse.

– Farinelli a intégré la cour d'Espagne.

– Que fait-il là-bas ?

– Il soigne la neurasthénie du roi.

– Tiens donc. Vous êtes un peu guérisseur vous-même, non ? J'ai eu vent de vos prouesses auprès de Madame d'Urfé. Vous escroquez les veuves crédules, désormais ?

Casanova sourit, bat le jeu de cartes disposé devant lui.

– Si notre condition peut nous enrichir, pourquoi pas ?

– Vous lui avez révélé ce que vous étiez ?

– Non. Selon elle, j'ai des talents d'alchimiste.

– En quoi cela consiste-t-il ?

– Divers rituels, deux-trois psaumes en latin, des astuces scientifiques qui ont les dehors de la magie pour qui est profane. En échange elle m'offre des bijoux et quelquefois, subjuguée par mes "pouvoirs", elle m'ouvre son lit.

– Madame d'Urfé n'est plus si fraîche. Moi qui vous supposais un homme de goût !

Casanova pose ses cartes. Il glisse la pointe de son soulier sous la banquette de la Marquise et attire le meuble à lui dans un grincement de parquet. La bouche d'Hortense s'arrondit, rouge de fard. Casanova se penche vers elle. Leurs lèvres se touchent presque.

– Ne m'insultez pas. Cela me donne envie de vous embrasser.

La Marquise gazouille. De l'index, Casanova imite le trajet d'une mèche de ses cheveux jusqu'à sa poitrine. Il souffle dessus avant de se renfoncer dans son fauteuil.

– Je ne suis pas un homme, mais un vampire. Et un vampire de goût, dussé-je le préciser. La preuve en est que je vous adore !

L'air fuit mes poumons.

Des "vampires" ?

Il faut… que je m'évade. Ou je vais mourir dans cette chambre.

J'ai pratiquement réussi l'autre soir. Hortense s'était enivrée de champagne, ses gens somnolaient. Elle m'a rattrapé in extremis *dans les couloirs du château. C'est à partir de cet incident qu'elle a commencé à m'attacher au lit. Son comportement a changé : trois fois par nuit elle me fait avaler un mélange de lait, d'alcool et d'opium. Je n'ai plus droit aux vrais aliments. Quand elle s'ennuie, elle me chevauche ou me mord. M'entaille au bistouri.*

– D'ailleurs vous pouvez parler, en matière de goûts !

– Qu'insinuez-vous ?

– Le garçon à moitié sec dans votre lit. Avouons que cela ternit l'ambiance.

Je feins le sommeil. J'écoute.

– Virgile ? C'est un trésor. Il se montre indomptable or c'est plus fort que moi, je l'aime.

Lully prend la parole :

– Vous devriez le transformer, madame. Sans quoi il va passer. L'infection progresse dans ses chairs, je la sens d'ici.

– Vous plaisantez ? Je le nourris de macarons et de sorbets. Je lui donne le bain chaque jour. Je le soigne, je vous assure ! Je le mords avec prudence.

Des bruits de pas résonnent. Rêches, des doigts se posent sur mon front.

– Hortense, je suis désolé de vous l'apprendre mais il s'éteint.

– Ma chère, transmettez-lui le don nocturne ! Les naissances m'excitent !

– Je ne sais pas… M'occuper d'un vampire balbutiant ? Il s'agit d'un engagement irréversible. Je devrai veiller sur lui, l'initier aux secrets de notre monde… Et puis c'est ainsi qu'il me régale. Avec ses joues roses, le sucre de son sang. Son cœur qui bat.

– Il ne battra plus demain.

La Marquise soupire. Son parfum envahit mes narines.

– Virgile ?

Inutile de faire semblant. J'ouvre les yeux.

– S'il vous plaît, Marquise.

Murmure pathétique.

Ses traits se froissent, elle paraît navrée.

D'une main elle me flatte la joue. J'en frissonne. Néanmoins ce contact m'apaise. Caresse de femme. Pour une raison inconnue, je pense à ma mère. Je pense à Marie, aux quelques filles que j'ai aimées. Je pense à la lumière du jour, aux fruits dans les arbres.

– Laissez-moi vivre…

Hortense dissimule sa figure dans son épaule. Je crois qu'elle pleure.

– Très bien, vous avez gagné. Je vais le transformer.

Lully s'éloigne. Il sort son violon de son étui, le dépose contre son épaule et entame une mélodie poignante. Casanova applaudit. Moi je grelotte.

– Pitié…

– Détends-toi, mon Amour.

– Qu'est-ce que… ?

– Cela ne fera mal qu'une seconde.

Elle m'embrasse le menton. Avec tendresse. Parfois j'ai l'impression qu'elle est amoureuse. Je dois être aussi fou que ce monstre. Ou simplement désespéré.

– Vous allez m'ôter la vie ?

– Oui. Fais-moi confiance, la nouvelle sera flamboyante.

Dans un éblouissement, je vois ses canines fondre sur moi.

Je n'entends plus rien que ma propre voix.

Qui hurle.

*

Versailles, décembre 1758

– C'en est trop !

Le vase me frôle, termine sa course contre le mur.

Les lèvres en arc de cercle, je me retourne vers Hortense. Elle crochète les sourcils, ferme les poings. Puisque je sais qu'elle déteste cela, je m'ébouriffe les cheveux.

– Virgile !

– Madame ?

– Pourquoi prends-tu autant de plaisir à me torturer ?

Je hausse les épaules.

– Je suis un vampire, c'est dans notre nature n'est-il pas ? Soyez satisfaite : vos enseignements me pénètrent enfin.

Elle se contient, époussette sa robe.

– Tu es jeune, ta conscience t'obscurcit. Mais des rats, Virgile ? C'est la troisième fois que je trouve une carcasse sous notre lit. Quand consentiras-tu à te nourrir décemment ?

– Pardon, Marquise. Estimez-vous décent d'assassiner vos valets ?

Elle tressaille.

Il n'y a plus de bibelots autour d'elle. Désarmée, elle ramasse un bouquet de roses sur le parquet et me l'envoie. Je n'ai pas le temps d'esquiver, les épines m'égratignent la pommette. En moi bourgeonne une colère sourde. Je traverse la pièce et l'empoigne par les coudes. Assez rudement. Puis j'observe notre reflet dans le miroir. Je porte des bas de soie, des chaussures à boucles en argent. Une chemise plus blanche que les nuages, richement ornée.

Hortense me couvre de présents, elle me passe le moindre de mes caprices.

Je dois le reconnaître, je suis beau.

Et j'embaume : son parfumeur m'a créé une fragrance sur mesure.

Le bémol ? La teinte cadavérique de mon épiderme. Le sang sur les dentelles de mes manches. Cette faim odieuse qui me gangrène les viscères.

– Regardez, Marquise ! Regardez-nous !

Des larmes éclosent à la bordure de ses cils.

– Tu l'as dit toi-même… Tu voulais vivre…

– Vivre, oui. Or il s'avère que je suis mort. Nous dormons le jour, notre sang est glacial, nous devons détruire pour perdurer. Vous avez fait de moi une aberration !

– C'est ce que je suis, selon toi ? Une aberration ?

Je la serre davantage. J'ai envie de lui fracturer les os, de la blesser. De retrousser sa robe. M'immiscer dans les nervures de l'étoffe. Beaucoup de disputes s'achèvent entre ses cuisses ; j'y meurs des heures entières.

Hortense réfrène un gémissement.

Oh, elle pourrait se dérober. Elle m'a confié avoir 186 ans. D'une bourrade elle est capable de m'envoyer valdinguer à l'autre bout de la chambre. Elle ne le fait pas. À la place, elle porte ses mains en coupe autour de mon visage, pince les lèvres afin de ne pas sangloter.

Si elle était laide, serait-il plus aisé de la haïr ?

– Mon Amour…

Je la relâche, je m'écarte.

– Vous êtes dépravée.

– Je t'ai demandé de me tutoyer.

– Nous ne sommes pas intimes.

Une statuette d'angelot se fracasse au sol.

– Pas intimes ? Quelle ingratitude ! Je t'ai offert l'immortalité. J'ai sauvé ta misérable vie le soir où je t'ai recueilli. N'étais-tu pas heureux, alors ?

Ses doigts vont pour me toucher, ils hésitent.

C'est perturbant cette manière dont je ressens chaque chose, même infime. Le grouillement des insectes sous terre, le martèlement des orages, tous les battements de cœurs de Versailles. Une véritable cacophonie. Hortense frémit, je reste immobile. Un quart de tour avec la tête et je crache :

– Heureux ? Vous m'avez sali. Damné. J'étais mieux en compagnie des rats, qu'aujourd'hui j'exsanguine par pulsion. Quel genre de cadeau est-ce là ?

Elle fulmine.

– Tu veux le prendre ainsi ? Très bien.

Ses escarpins frappent le parquet.

– Marie ?

Mon ventre se noue.

– Non.

Je me rue vers la porte dans le but de la bloquer, il est déjà trop tard.

La frêle demoiselle de chambre est entrée.

Hortense la ceinture et lui couvre la bouche.

Les yeux de Marie se brouillent d'effroi.

– Nous avions un accord, Virgile. Tu avais promis de te nourrir convenablement si je te laissais choisir tes proies. Voilà trois semaines que tu es un vampire et tu n'as pas ingéré une goutte de sang humain. Ma patience a des limites.

Le corps de Marie est secoué de spasmes.

L'ensemble gigote, sa pauvre robe grise, la charlotte en coton sur ses cheveux.

– Marquise, je vous en conjure. Pas celle-ci.

– Non ? Qui ?

J'ai réfléchi à la question. Mon père. Je pense sincèrement que j'y parviendrais. Mais qu'adviendrait-il de mes frères et sœurs ? De maman ? C'est l'hiver. Sans lui ils mourraient.

– Virgile ? Qui ?

– Pas celle-ci.

– Pourquoi ? N'est-elle pas à croquer ? Toi qui les juges si innocents, nos valets, ne t'a-t-elle pas trahi ? Marie est à mon service depuis quatre ans. Elle sait ce que je suis, ce que je mange. Elle n'a pas levé le petit doigt quand tu agonisais dans mon lit.

– Elle a agi sous la contrainte. Elle n'a pas eu le choix.

– En es-tu certain ?

J'avale ma salive.

Une habitude sotte, qui ne sert plus à rien. Au même titre que respirer. Pourtant je ne peux pas m'abstenir. Une nuit dans la baignoire, j'ai voulu me noyer. L'eau avait une odeur de fleur d'oranger, elle a chatouillé mes bronches et m'est ressortie par la bouche. On ne meurt pas lorsqu'on est mort. On marche, on parle et on ressent chaque chose. On assassine.

– Eh bien ?

– Marquise…

Sans desserrer son étreinte, Hortense précipite Marie vers la coiffeuse et s'empare d'une paire de ciseaux qu'elle lui plaque contre la gorge.

– Le temps des négociations est révolu. Tu la tues, ou je m'en charge.

Je fais volte-face, porte les doigts à mes tempes. Les jérémiades de Marie sont des aiguilles dans mes tympans. Je ne veux pas. Cela dit… cette faim qui vocifère à l'intérieur.

Domine-toi, Virgile.

Demi-tour.

Je sursaute.

Hortense est là, inflexible, la fille en offrande. Silhouette malingre, pitoyable. J'entrouvre la bouche… c'est… sa jugulaire… je la vois dans son cou. Oh, cette multitude de segments bleutés qui ondoient sur ses seins, filent sous le tissu. J'ai envie de les lécher. De sentir la peau céder sous mes canines. La peau de Marie. On dirait de la crème fouettée.

– Ne m'obligez pas.

En souriant, elle me jette Marie dans les bras. Je la réceptionne par les épaules. La peur la rend malléable, elle ne tient plus debout. Je la dépose contre moi.

– Monsieur Virgile, je vous en supplie…

– Ne t'inquiète pas…

– Seigneur, venez-moi en aide…

– Marie…

Les pleurs souillent sa voix, ses mots sont détrempés.

J'enfonce mes doigts dans ses cheveux. Elle s'étouffe. D'une pression je la retourne. Elle se laisse complètement aller, épouse les contours de mon torse. Son cœur bat, ce rythme rebondit dans ma cage thoracique, accélère ma respiration.

Hortense s'installe dans un fauteuil, l'index entre les dents.

Elle exulte.

En la défiant du regard je plonge vers la nuque… et je mords. Puis je bois. Doucement d'abord ; j'espère encore ne pas déraper. Mais… cette saveur. La chaleur dans mes tripes. Le plaisir. Nous nous effondrons tous les deux.

Plus tard, je reviens à moi.

Les yeux de Marie sont vitreux, baignés de larmes.

À mon tour j'en verse.

Hortense quitte son fauteuil, s'accroupit auprès de moi. Ses mains patinent sur ma chemise, son front se loge entre mes omoplates. Comment était-elle avant de devenir ce monstre ? Aurais-je été séduit ? Épris ? Devant nous, l'éternité. Je lui trouverai de la grâce.

J'ai besoin de le croire. Que mon drame ait du sens.

Dans un hoquet je geins :

– Cela fera-t-il toujours aussi mal ?

– Seulement la première année.

– Je préférerais être mort.

– Oh Virgile, ne dis pas cela. Je vais tout t'offrir. Le faste, le savoir, la jouissance. Tu auras un professeur de musique, des leçons d'escrime, d'équitation.

– Arrêtez…

– Plus de livres que tu ne saurais en rêver. Nous écumerons les cours d'Europe, nous côtoierons la fine fleur des intellectuels. Chacun de ces philosophes que tu admires. Je ferai de toi un prince. Un roi. Un dieu. Et tu régneras sur mon cœur.

– Pourquoi ?

– Parce que je t'aime.

– Taisez-vous.

20

Black Rebel Motorcycle Club,
Ha Ha High Babe

Je vais mourir dans ma plus belle parure.

Jamais une perspective ne m'a autant réjouie.

L'Arachnéen est si près, on dirait qu'il va m'embrasser. Une part de moi a la tentation d'appeler au secours. Je ne comprends pas vraiment pourquoi. Mes paupières clignent, se ferment. Je m'abandonne à la douceur de la soie, ses papouilles sur mon cou.

Puis…

… un bruit absurde.

C'est la porte, balafrée soudain par la silhouette d'un monstre.

Sur quatre jambes velues, à l'ossature saillante. Son poil est brun, dru, quelques reflets acajou le raturent. Ce qui me traumatise, c'est la lueur orange de l'iris. Le tranchant des crocs, nombreux dans la gueule qui bâille.

Un cri me pulvérise les incisives.

La bête a saisi Lycose à la gorge.

Du sang bave sur le jabot, mouchette le décor.

En arrière-plan, un nuage prend la forme d'un jeune homme. Il y a aussi une blonde, moulée dans une combinaison en cuir. Une autre créature aux cheveux multicolores. Et ce long garçon dégingandé, avec un nez pointu. J'ignore qui ils sont, pourtant je me sens soulagée.

Jusqu'au moment où un gargouillis m'arrache un second cri : au sol, la bête ravage Lycose, détache la chair par fragments.

– Bloom ?

Le garçon dégingandé.

– Ça va ?

Apparemment il me connaît. Moi non. Est-ce que la bête est sous ses ordres ? Il bat des cils, pose une main – froide – contre ma joue. Je me soustrais d'un coup de tête.

La blonde ondule vers nous, tapote le pelage du loup.

– Tu vas faire une indigestion, Liam. L'araignée crue ça pèse sur l'estomac.

L'animal grogne, mon attention se fixe sur ses crocs. L'écume. Les… morceaux coincés. J'ai envie de vomir.

– Qu'est-ce qu'elle a ? Elle est soûle ?

C'est la fille aux cheveux bizarres qui a interrogé ses complices. La blonde pose les poings sur sa taille.

– Un effet de la soie d'Arachnéen. Ça embrume la cervelle des victimes. Je ne sais pas depuis combien de temps elle est suspendue là-dedans mais ça peut être irréversible.

D'un geste furieux, le garçon déchire les fils autour de moi.

J'ai beau hurler, me débattre, il vandalise le précieux travail de Lycose. Brusquement ses canines empiètent sur ses lèvres. Je retiens mon souffle. Au fur et à mesure qu'il se démène, son t-shirt exhale un parfum de frangipane qui me donne des haut-le-cœur.

Derrière, la blonde fait claquer sa langue.

– Bon, on vient d'assassiner l'un des nôtres afin de sauver ton humaine. Nico va adorer le concept ! À mon avis, on peut boucler nos valises.

Le jeune-homme-nuage rétorque :

– Je vais vérifier si elle est dans son bureau.

Il se volatilise. La fille aux cheveux multicolores, elle, piétine.

– Magne-toi, Virgile.

Elle se penche sur le loup, lui attrape une patte. Ensuite… l'inimaginable. La patte se transforme en poignet, relié à un bras, relié au corps athlétique d'un garçon.

– Putain, j'avais une telle dalle !

Survolté, il s'essuie les babines dans le creux du coude. La blonde le toise.

– Où est-ce qu'on va planquer le macchabée, Liam chéri ?

– Je compte finir mon assiette.

– Hmm, dans ce cas on est tirés d'affaire !

Elle oblique vers le vampire.

– Ah, et Virgile ? La prochaine fois que Bloom griffonne une note pour t'informer qu'elle est sur le point de faire une connerie, t'es mignon, tu ne m'impliques pas.

Le jeune-homme-nuage se matérialise.

– Je ne veux pas vous alarmer, cependant… être saqués de la communauté n'est pas le pire des scénarios. Nico prépare quelque chose de louche. Je crois que ça a un rapport avec, disons, l'apocalypse. Toujours sans vouloir vous alarmer.

Les dents du vampire captent la lumière des torches.

– Tu vois, Abrahel. Nico n'est pas fiable.

La blonde roule des yeux.

– OK, t'es perspicace. N'empêche que vous nous foutez dans la merde avec vos histoires !

– Si ce que dit Hugo est vrai, on est dans la merde quoi qu'il arrive. Tous.

Le groupe acquiesce aux propos du loup.

Moi, je suis cambrée contre le vampire.

Épouvantée.

Il m'a presque dépêtrée de la toile.

J'ose l'implorer :

– S'il vous plaît. Je me fiche de mourir… laissez-moi dans la soie.

La blonde grince :

– Bloom est un légume !

– La ferme !

C'est le vampire qui a vociféré. Son timbre est très particulier. Grave et minéral.

– Barre-toi, Abrahel.

– Eh ! Ce n'est pas parce que ton humaine est teubée qu'il faut…

– Clairement, on devrait se tailler avant que ça dégénère.

Le loup adresse un rictus à la fille aux cheveux multicolores.

– T'es sérieuse, Dylane ? Nico va déclencher l'apocalypse et tu veux qu'on s'esquive ?

– Tu vas faire quoi ? Aboyer à poil sous la lune ? Tu devrais commencer par enfiler un froc, mon pote.

– La ferme ! Je n'ai pas beaucoup de temps pour aider Bloom. J'ai besoin de calme. Alors cassez-vous. Sauvez le monde ou faites vos bagages, je m'en tape. Juste, cassez-vous.

– OK…

– Pas la peine d'être grossier…

– Virgile, tu…

– Dégagez !

Je me retrouve seule avec le vampire.

Le silence tombe sur la crypte, épais. Je suis agenouillée à même la pierre. Ma respiration est hachurée. J'essaie de ramasser la soie. Ce qu'il en reste.

– Bloom, ressaisis-toi.

– Vous êtes qui ?

– Bloom…

Sa voix me pénètre.

– Bloom.

– Arrêtez de répéter mon prénom comme un abruti !

J'enchâsse mes yeux dans les siens. Ils sont spéciaux. La surface d'un lac.

Le vampire enfouit les doigts dans mes cheveux, je me libère. Il a le temps de glisser une phalange sous le ruban à mon cou. En forçant dessus, il m'attire à lui. Je le frappe.

Aussitôt il me relâche. Pousse un soupir triste.

– Je suis désolé. Tu n'aurais pas dû être ici. Je devais te protéger…

On est face à face. Lui assis sur ses talons, les paumes en appui au sol. Moi en équilibre sur une fesse, les bras croisés contre ma robe blanche. Ses vêtements sont noirs. Le t-shirt évasé, la ceinture, le jean, les bottines usées. Il est l'inverse de moi.

– Qu'est-ce que vous me voulez ?

– Je veux te dire que je t'aime. Que je suis con.

Je l'écoute. Ma main s'éloigne. Centimètre par centimètre. Jusqu'à entrer en contact avec un objet gluant. L'un des crochets de Lycose.

– J'aurais dû me remuer. Peut-être que t'attends ça depuis le début ? Une déclaration ? Je suis un mec lent, faut l'admettre.

Je me dresse sur mes pieds. Les phalanges cramponnées au crochet. Je menace le vampire.

– Bloom…

Il se lève, désinvolte, avance poings dans les poches. Je le tiens en joue mais ça n'a pas l'air de l'intimider. Il approche, mon pouls palpite, mon poignet ne fléchit pas. La distance réduit. Il va se raviser, non ? Son sourire me perturbe. Il ébauche une foulée, une autre, la pointe du crochet rencontre son torse.

– C'est plus bas, le cœur. Et perforer les côtes nécessite de l'élan.

Des images saugrenues me viennent.

Une voiture, des ballons de baudruche, un violoncelle.

Le vampire poursuit :

– Ça fait un moment déjà. Que je sais. Je t'ai aimée dès les premières minutes. Ce jeudi où tu t'es amenée chez moi avec tes bottes à fleurs et tes yeux verts. Je me souviens, tu mastiquais du chewing-gum. T'avais la trouille, je le sentais au parfum de ta peau. Pareil que cette nuit. C'est grâce à ça qu'on t'a localisée d'ailleurs. L'odeur de l'adrénaline. Y en avait partout dans les couloirs. Bref, ce jeudi-là tu portais un pull blanc. Vaguement transparent. T'as basculé une hanche et posé la main en éventail dessus. Tu devais espérer que ça te donnerait de l'assurance. T'avais juste l'air d'une peste. D'une peste angoissée. Et vulgaire à cause du chewing-gum. Tu m'as dit : "C'est vous les cours…

– … de violoncelle."

– Oui.

Il tend les doigts vers mon visage, je recule. Sa main flanche. La mienne aussi. Je tremble, j'atténue ma prise sur le crochet.

– Tu m'as fait penser à elle. Marie. Je ne t'en ai jamais parlé. C'était ma première… je l'ai… Elle ressemblait à une fraise.

Plus de flashs remontent.

Une culotte à imprimé fraise. Une salle de concert, des vases, des crânes, des lanternes. Des lunettes de soleil en forme de cœur.

– Bloom, regarde.

Il désigne ma robe. Elle est en train de changer de couleur. La soie se pare d'une teinte rouge. Ça commence par l'ourlet sur mes cuisses. Le vampire ébouriffe ses boucles. Ses mâchoires se crispent.

– Après notre premier cours, j'ai hésité. Je voulais annuler les prochains. J'ai pas réussi. Alors je t'ai guettée le jeudi suivant. Je me suis préparé un café, je me suis assis sur les marches. Je ne peux pas boire de café, je le dégueulerais direct. Simplement j'aime l'arôme. En plus ça me rendait normal. Un type normal qui pourrait te faire rire. Te plaire.

– Vous affirmez que vous m'aimez. Pourquoi ? Vous êtes un vampire, vous avez dû charmer des milliers de femmes. Pourquoi moi ?

– Parce que t'es fleur bleue, ça me rend dingue. T'es passionnée, bagarreuse, obstinée, vaniteuse, à l'ouest. Une multitude d'adjectifs. Puis t'es constamment en train de raconter des trucs, ça grimpe dans mon front comme une armée de fourmis, ça pétille. Y a des jours ce serait cool de te bâillonner. En fait, tu es ce qu'à une époque on m'a volé.

Il soupire encore.

D'autres détails affluent.

Des prénoms, des panneaux routiers, le goût d'une crêpe.

– Je vois tout. Quand t'as l'impression que je ne comprends pas tes blagues et que ça te vexe. Quand tu veux faire l'amour. Quand tu te fous pas mal de ce que je dis. Tes détails m'émeuvent. Tu m'émeus. T'es jeune, pleine d'élan, tu regardes le monde d'en haut. Ça me rend mou sur mes jambes, je te jure. Ça me donne envie d'y croire. Envie de te toucher. J'ai envie de te toucher H24. De t'enlever ces t-shirts débiles que tu collectionnes.

Je prends une inspiration profonde.

En remettant une mèche en place, je m'aperçois qu'elle est noire. Ça me surprend : ma chevelure est incolore. Sur la soie, le rouge s'accentue. La voix du vampire me dérange de moins en moins. Je la trouve même sensuelle. L'intuition que je dois m'y amarrer.

Qu'elle me ramène.

– Tu sais, on s'accoutume à ne rien ressentir. On finit par se supposer invulnérable. Je suis une machine à tuer, j'ai zéro prédateur. Or toi, t'es un danger. Je voudrais te supplier parfois.

– Me supplier ? De ?

– D'être gentille. De prendre soin de moi et de mon cœur givré. Je n'ai plus l'habitude de m'en servir.

Je me vois dans une forêt avec lui. Nous sommes assis sur des rochers, il m'énerve. Je me vois en larmes dans des toilettes. Il m'offre un ballon. Je nous vois dans des draps.

L'ensemble m'emboutit, je me rappelle.

Ma robe et mes lèvres sont rouges. Mes cheveux n'ont jamais été si sombres. De la réglisse. Chacun des mots que Virgile a prononcés résonne dans mes cellules.

J'en vibre, ça m'éclabousse de couleurs.

– Virgile…

Je lui tombe dans les bras.

– Putain, Bloom. T'es là…

À cette phrase mes yeux fondent. C'est chelou la tendresse. On est heureux à crever, paradoxalement on pleure. Je le serre fort. Faudrait que nos peaux fusionnent, ma robe, ses organes, mon cœur, ses canines. On s'embrasse.

Vite, je m'essuie les pommettes.

Puis je me raidis.

– On doit arrêter Nico.

– Pourquoi ? On peut s'enfuir.

OK, l'idée de parcourir une Bretagne post-apocalyptique en voiture avec Virgile, ça ne me déplaît pas intégralement. Mais un sursaut. De conscience ou de connerie.

– “La chose la plus difficile sur cette Terre, c’est d’y vivre.”

– Quoi ?

– C’est ce que dit Buffy à Dawn avant de se sacrifier.

Il arque un sourcil.

– Viens.

Pas d’objection, il saisit la main que je lui présente.

Et on s’élance hors de la crypte.

21

The Heavy, *And When I Die*

On court, ça me crépite dans les muscles. Virgile ne respire plus.

– Bloom, stop.

Il se fige net, je me fracasse contre lui.

– Non, grouille !

Je suis essoufflée. Ahurie. Lui agrafe ses doigts à mes hanches.

– C'est pas prudent.

– Écoute, on ne peut pas glander pendant qu'une harpie détruit l'univers. T'as pensé aux autres ? Dylane, Liam, Hugo ? Ils risquent gros. Là, maintenant.

– J'en ai marre de te le répéter : on n'est pas dans une de tes séries Netflix. Crois-moi, ils sont déjà loin.

– Qu'est-ce que t'en sais ? Abrahel a dû se tirer, c'est clair, mais…

– J'en sais que les créatures surnaturelles ont tendance à s'accrocher à la vie.

– Dixit le vampire suicidaire.

– C'est différent, j'ai été humain. Abrahel et Dylane ont des centaines d'années, Liam est un hybride, Hugo est mort. Le sort de la population leur est égal.

– J'ai pigé, les monstres sont égoïstes. Tant pis. Nous on l'est pas, OK ?

Il hésite.

– Virgile, Nico a buté Arnold. C'était l'échauffement.

– T'as un plan ?

– On fonce et on la zigouille ?

– C'est naze.

– C'est naze, j'avoue. Toi, t'as un plan ?

– T'imagines bien que non.

On se remet en route. À proximité du bureau de Nico, il exerce une pression sur mon coude pour que je ralentisse. Lentement, on s'adosse au mur. D'abord on n'entend rien. De la musique. Des plaintes étouffées. Virgile me fait signe de me taire en posant l'index sur ses lèvres.

J'obéis, jusqu'à ce que je reconnaisse la voix de Dylane.

Elle hurle.

– Bloom, non !

Trop tard, je suis entrée dans le bureau.

Le cadavre d'Arnold gît par terre. Je repère Abrahel, Hugo, Liam et Dylane. Écrasés contre la pierre, à un mètre du sol. Ils sont maintenus par une matière qui ressemble à de la brume. Ses fines gouttelettes forment des liens qui leur entravent les bras et le cou. Je me précipite vers eux, j'essaie de les délivrer. Aussitôt une silhouette s'abat sur moi. C'est l'Asiatique de tout à l'heure. Sa peau a pris une texture écailleuse, humide. Sa langue est fourchue ; elle me lèche la nuque. À ma gauche, Virgile est bloqué par la créature aux oreilles pointues. Sa chevelure tentaculaire s'est enroulée autour de sa bouche et l'empêche de crier.

– Encore toi ? Accompagnée de ton vampire ?

La harpie enjambe Arnold.

– Décidément, vous êtes un couple pénible. Pourtant j'ai connu les vrais Tristan et Yseult.

– Nico, vous…

Les mots me restent dans la gorge. À cause de la langue bifide qui s'y balade.

– Dites, c'est hygiénique votre truc ?

L'Asiatique affermit son étreinte.

– Assez ! Je suis une Nure-onna. Quand les humains s'adressent à moi, c'est en m'adjurant d'épargner leur misérable existence.

– Vous êtes une quoi ?

– Mon nom est…

Nico déplie une main.

– Ça va Furina, du calme. Furina est une femme serpent qui a terrorisé le Japon pendant l'Antiquité. Et Nienor est un elfe de sang royal.

Celle qui tient Virgile hausse un sourcil.

Nico reprend la parole :

– Vos ego sont-ils flattés par ce préambule ? Quitte à être impolie, vous commencez à me fatiguer. Chacun de vous. Suis-je la seule à mesurer la solennité de la situation ?

Retour à la case "blabla du méchant". Tandis que les alliés des héros préparent une riposte. Oui. On va s'en sortir. Sauf que nos alliés sont épinglés au mur façon posters.

– Quelle situation ? Qu'est-ce que vous manigancez ?

Les yeux ambrés de la harpie m'inspectent. Elle n'est pas en colère. Juste très lasse.

– Ce que je manigance ?

Son haleine me répugne.

– Au fond… je ne déteste pas les humains. Certains sont courageux. Dignes. Vous êtes capables d'élans sublimes : l'art, l'amour, l'abnégation.

Nico fait les cent pas sur le parquet. Sa robe drapée tourbillonne.

– J'ai assisté à de belles choses au cours des siècles. L'intelligence des Sumériens, l'ingénierie en Égypte. La fougue d'un Alexandre. La foi qui résiste aux flammes et aux lions. La Renaissance, les Lumières, les explorateurs. Certes, il y a eu du glorieux.

Sa voix n'est plus qu'un chuchotis. Elle a l'air de baratiner pour elle, pour se convaincre.

– Mais en contrepartie… Les guerres incessantes, répétitives. La persécution, le vice, les outrages. Ces poignées d'hommes qui tyrannisent au nom de Dieu, de la fortune ou de la science. Et ce sont les mêmes qu'on meurtrit : les femmes, les animaux, la nature. On mutile les chairs, on aliène les esprits. L'humain est un gâchis innommable.

Sur mes poumons pèse le coude de Furina.

Ça m'anesthésie. Ça juche des clous fluorescents devant mes pupilles. J'ai trop valsé avec la mort ces derniers jours. Elle gagne du terrain.

Ça fait mal ?

Est-on aussi démuni qu'on le soupçonne ?

Est-ce qu'on l'identifie, cette seconde inévitable où… ?

Virgile se débat. En vain. Les cheveux de Nienor enlacent ses membres, creusent ses lèvres et ses narines. En revanche, les liens de brume autour des autres paraissent se relâcher.

C'est Nico qui les contrôle.

Si elle se déconcentre, ils pourront se libérer.

– Alors quoi ? Vous allez lyncher tout le monde ?

La harpie se penche vers un bouquet de mimosa, hume les pompons jaunes.

– Oh, Bloom… Tu m'éparpilles. Tu espères qu'un miracle va s'inviter dans la pièce. Un chevalier valeureux, apte à me terrasser. Il y a méprise. Je ne suis pas l'ennemie.

– Non ? En attendant on est vos prisonniers.

Sans leur jeter un regard, Nico tend les doigts vers Abrahel, Liam, Hugo et Dylane.

La brume se dissipe, ils s'écroulent au sol.

– Es-tu satisfaite ?

Un frisson me secoue.

– Attrapez-la !

Aucun ne bouge ; Nico glousse.

– Je t'envie, Bloom. Selon toi il y a les bons ou les mauvais. La lumière ou les ombres. Mais la réalité est plus sinueuse, tu t'en apercevras en vieillissant.

Je les sonde, écœurée. Dylane se masse les cervicales, Hugo soutient Liam. Abrahel se redresse, époussette sa combinaison en cuir. Elle va tenter une attaque, pas vrai ?

La succube se plante là, bouche en cul de poule.

Nico m'épie.

– À fendre l'âme. Tu gardes l'espoir d'une issue favorable.

– Si la cavalerie c'est Abrahel...

La succube postillonne :

– Tais-toi, Bloom ! D'une, tu te prends trop au sérieux. De deux, je hais ta robe. Je t'assure, le rouge te boudine, c'en est obscène.

Elle pivote vers Nico.

– Donc, quel est votre super plan apocalyptique ?

– Répandre les tempêtes et la vengeance.

– OK. Ça consiste en quoi ?

– La Bise, le Siroco, l'Alizé, la Mousson, le Zéphyr. Je vais les appeler, cette nuit. Ils se déchaîneront jusqu'à l'aube, emporteront avec eux chaque individu capable de tuer, de violer, ou de torturer.

– Vous vous rendez compte qu'on est tous concernés, ici ?

– Bien sûr.

– D'accord. Nickel. Si vous voulez m'excuser, moi je me tire !

– Va, succube. Ton destin t'appartient.

Les pas d'Abrahel résonnent dans le couloir.

Sidérés, Dylane, Liam et Hugo demeurent statiques. J'essaie de réfléchir, je n'y arrive pas. La langue fourchue de la femme serpent glisse sur ma mâchoire.

– Furina, ça suffit. Toi aussi, Nienor.

Immédiatement, Virgile repousse l'elfe d'un coup de coude. Elle percute l'étagère derrière eux, Virgile se jette sur moi. Ses murmures s'égarent dans mes cheveux.

– Ça va ?

– Ouais.

– Viens !

– Une minute…

Je le retiens avant de dévisager Nico.

– À quoi ça sert, cette démonstration ? Expliquer votre manœuvre, nous laisser partir ?

– Soyons honnêtes, aucun de vous ne peut me vaincre. Ma vengeance frappera qui le mérite, qu'on se chamaille ou non.

– Vous en êtes persuadée, hein ? Que vous avez raison ? Que vous n'êtes pas l'ennemie ?

– Pourquoi le serais-je ?

– Parce que niveau sociopathe, vous vous posez là !

– Mes intentions sont impartiales.

– Impartiales ? C'est vous qui décidez. Qui se comporte bien ou mal, qui doit vivre ou mourir. Vous avez ordonné à votre araignée de me tuer il y a une heure, maintenant vous m'épargnez. Qu'est-ce qui vous donne cette autorité ?

Nico ouvre les épaules, lisse sa couronne de narcisses.

– Je suis la divinité de la vengeance. C'est mon rôle. Celui du fauve est de tuer sa proie. Celui du fort est d'aplatir le faible. Cette nuit, il est temps de punir les fauves et les forts.

La harpie m'adresse un sourire élégant.

– C'est inutile, Nico. D'autres prendront la relève.

Son sourire s'élargit.

– Il s'agit d'un cycle. Similaire à celui des astres ou des marées.

– Bloom, on y va !

Virgile cramponne mon poignet. J'oblique vers lui en battant des cils. Même si je suis à bout de forces, sous le choc, les pièces du puzzle s'emboîtent.

– Où ? Où on va ?

Ma question l'énerve.

– À l'abri !

Un engourdissement terrible ronronne en moi. Ça part du sommet du crâne, ça punaise mes Doc au parquet. Mes yeux replongent dans ceux de Nico.

– Pourquoi s'enfuir ? On ne sera en sécurité nulle part, n'est-ce pas ?

Elle acquiesce.

Quelque chose se noue entre elle et moi. Une concorde mutuelle. Je me sens presque apaisée. À cet instant, Liam s'élance. En loup à nouveau. Il bondit sur la harpie, qui coince sa gueule sous son coude. Ça ne lui demande pas d'effort. On entend craquer les vertèbres, une par une. Dylane couine, Hugo éclate en sanglots et s'estompe jusqu'à disparaître.

Liam chute.

Ensuite, le silence.

Ébréché par la musique de la platine.

I'm not scared of dying
I don't really care[3].

Je deviens du caoutchouc.

Impossible de réagir.

C'est comme une crise d'acouphènes.

Ou une fièvre.

Je suis là, je ne suis pas là.

Ça flotte alentour.

Virgile m'entraîne, il me parle, il s'agite. Je ne saisis pas une phrase. Ses gestes me parviennent en mode stroboscope. Je vois Dylane qui rampe vers Liam. Nu, brisé. Une peluche. Je vois Nico qui contourne son bureau. Elle récite des psaumes, les mains jointes. Les traits de son visage se détendent. Ses ailes jaillissent, se déploient sur la longueur de la pièce.

C'est con, elle m'évoque un ange.

3. "Je n'ai pas peur de mourir
Je m'en fous un peu."

If there's peace you find in dying
Well then, let the time be near[4].

Soudain, mes poils se hérissent.

Virgile aussi doit le sentir.

Il s'immobilise.

Ça s'engouffre sous les portes, dans les couloirs, entre la chair et les os…

… un sifflement.

Les tempêtes.

Des lamentations heurtent la pierre.

Puis des silhouettes jaillissent, poursuivies, tourmentées.

Les voix râlent et implorent.

Le vent n'en a rien à foutre.

Je le distingue.

Solide, argenté.

Il caresse certaines personnes au niveau des épaules ou de la taille. Après il les pulvérise contre les murs. Froidement. Neutralité absolue. Peut-être que c'est… "impartial" ?

Virgile me charrie, toujours plus avant.

Dernière œillade vers le bureau.

Une bourrasque soulève Nico – elle patiente, sereine.

4. "Si c'est la paix qu'on trouve en mourant
Alors, que la fin soit proche."

Son corps renverse les bouquets de mimosa.
S'affaisse, inerte et fracturé.

On court, on court, on court.
Au loin, des volutes aux allures d'arbres morts.
C'est pour nous.
Affolé, Virgile fait demi-tour.
D'ici la rafale lui chahute les boucles.
Je largue sa main, j'observe ses lèvres qui tracent mon prénom.
La Bise, le Siroco, l'Alizé, la Mousson, le Zéphyr. Je vais les appeler, cette nuit. Ils se déchaîneront jusqu'à l'aube, emporteront avec eux chaque individu capable de tuer, de violer, ou de torturer.
La rafale me traverse.
Comparable au baiser de l'hiver.
Les yeux clos, je n'ai pas peur ; mes cheveux retombent ; voilà, c'est fini.
Capable de tuer, de violer, ou de torturer.
La rafale continue son chemin.

Elle engloutit Virgile.

22

Lil Xan, *Wake Up*

LE MONDE
UNE SÉRIE DE CATASTROPHES NATURELLES COÛTEUSE À L'ÉCHELLE MONDIALE

Selon une étude préliminaire de l'Onu, les cataclysmes survenus en masse dans la nuit du 17 au 18 novembre ont causé plus de pertes humaines et de dégâts matériels que l'ensemble des catastrophes naturelles enregistrées ces cent dernières années.

En 2017, on dénombrait 710 événements climatiques ou géologiques extrêmes, soit nettement plus que la moyenne de 2007. Toujours en 2017, on estimait que le coût de ces cataclysmes s'élevait à 275 milliards d'euros (1 720 euros par seconde).

Les pertes humaines, elles, représentent pas moins de 30 000 décès par an, soit 82 victimes par jour.

Les phénomènes climatiques récents, si on considère leur impact global, pourraient marquer un pic jamais recensé dans l'histoire de l'humanité. On évalue pour l'instant le nombre de morts à plus de 1,7 milliard d'individus. Des rapports prévisionnels envisagent 600 millions de réfugiés climatiques d'ici la fin de la semaine. L'ampleur des dommages matériels est, pour l'heure, inestimable. L'assureur allemand Allianz fait état d'une perte économique "*d'environ 324 milliards d'euros*", sur le seul territoire européen.

"*C'est du jamais vu*", affirme le secrétaire général des Nations unies, qui invite les dirigeants de chaque État à "*engager une politique de reconstruction*". Une collaboration internationale a été mise en place, afin que les pays les plus touchés, notamment les États-Unis, puissent "*gérer ce désastre*". La priorité est mise sur les hôpitaux et les services de secours, saturés par l'intensité et la violence de la situation. Plusieurs ONG alertent sur "*le caractère catastrophique*" des faits et demandent aux politiques de débloquer des fonds d'urgence.

MÉTÉO FRANCE

CYCLONES, OURAGANS, TEMPÊTES ET TORNADES EN FRANCE

La situation météorologique inédite de ces derniers jours n'a pas épargné la France.

On distingue cinq types de climats sur le territoire (océanique, semi-océanique, montagnard, méditerranéen, semi-continental), soit des climats tempérés. Certains vents régionaux peuvent être soutenus, et la France connaît une moyenne annuelle de quinze tempêtes (vents supérieurs à 89 km/h), dont une ou deux peuvent être qualifiées de "fortes".

Si la France est généralement préservée des phénomènes type ouragan (au-delà de 118 km/h), de tels événements peuvent advenir. Lors des tempêtes de 1999, on avait enregistré des vents atteignant près de 200 km/h sur l'île d'Oléron et 170 km/h en région parisienne.

Concernant le 17 novembre, les premières estimations mentionnent des vents allant jusqu'à 390 km/h dans les Côtes-d'Armor, la donnée la plus haute jamais relevée. D'autres records semblent avoir été battus dans le monde. Une station japonaise aurait détecté des vents de 512 km/h. L'État de l'Oklahoma rapporte des valeurs approchant des 600 km/h.

CLOSER

KIM KARDASHIAN, JUSTIN BIEBER... CES STARS DANS LE VENT QU'ON A PERDUES

Impossible de ne pas évoquer les événements tragiques du 17 novembre, qui ont décimé près d'un quart de la population mondiale, selon les communiqués officiels.

Nos stars favorites n'en sortent pas indemnes. Kim Kardashian, célébrité médiatique et femme d'affaires qu'on ne présente plus, a été retrouvée morte dans sa villa de Los Angeles. "*C'est affreux ce qui s'est passé*, relate une source proche. *Kim était une femme adorable, elle ne méritait pas ça.*" Un employé de label, qui souhaite garder l'anonymat, a déclaré que Justin Bieber ferait partie des victimes. Sa famille n'a pas confirmé, mais l'employé rapporte que le chanteur enregistrait son prochain album en studio la nuit des faits. "*Je l'ai vu étendu au sol, il y avait du sang partout.*" Du côté d'Hollywood, nombre de producteurs et d'acteurs auraient également trouvé la mort. Autant d'étoiles qui ont rejoint les cieux, en un éclair.

VICE

ET SI LA FIN DU MONDE POUVAIT NOUS SAUVER ?

C'est inéluctable, l'effondrement est proche.

Les rapports du Giec, le Groupe d'experts intergouvernemental sur l'évolution du climat, tombent chaque année, de plus en plus inquiétants. Les experts aggravent leurs projections pour un futur proche et les études les plus pessimistes prévoient jusqu'à +7 °C en 2100. Dans ce contexte apocalyptique, le monde vient de connaître, ce 17 novembre, la plus lourde série de cataclysmes en chaîne depuis les balbutiements de la civilisation.

On le sait, l'activité humaine, et particulièrement les émissions de gaz à effet de serre, ont des conséquences dramatiques sur la faune et la flore. Canicules mortelles, épidémies, sécheresses, destruction des écosystèmes… le bilan est terrifiant. Ces dernières années, un effet boule de neige a été observé, qui précipite les chiffres. Les virus pullulent, les abeilles meurent, les espèces s'éteignent les unes après les autres. La sixième extinction de masse est là et bien là. La pollution tue 4 millions de personnes par an, le double du Covid-19 sur l'année 2020. On rejette plus de 8 millions de tonnes de plastique dans les océans en douze mois, soit 253 kg par seconde. Par seconde, c'est l'équivalent d'un terrain de foot de forêt qui s'envole.

Rien de nouveau au soleil – ou plutôt, sous le trou de la couche d'ozone.

Rien de nouveau, mais rien ne change.

On a pourtant constaté, suite aux confinements mondiaux dus à la pandémie de Covid-19, que l'arrêt temporaire des activités humaines présentait un bénéfice notable pour la planète. Avant cela, les élans n'ont pas manqué. Greta Thunberg, l'adolescente suédoise qui a troqué les études contre le militantisme, Extinction Rebellion, ce groupe qui prône la désobéissance civile, ou l'indéboulonnable WWF. Le collapsologue Pablo Servigne et l'astrophysicien Aurélien Barrau tirent régulièrement la sonnette d'alarme. C'est un fait, les écolos sont légion. Pendant ce temps en 2003, les sociologues créent un nouveau néologisme : "*solastalgie*". Souffrent de "*solastalgie*", de "*désespoir climatique*" ou d'"*éco-anxiété*" les individus qui ressentent, face aux menaces environnementales, une détresse psychologique invalidante.

Comme un long frisson dans le dos, les phénomènes météorologiques du 17 novembre ont amplifié le problème. Néanmoins certains collapsologues y décèlent une lueur d'espoir.

En effet, selon eux, la diminution drastique de la population pourrait jouer un rôle "*positif*" dans l'avenir, en ce qui concerne le changement climatique. Moins de personnes sur la planète égale moins de ressources nécessaires, moins d'activités, et donc *in fine*, moins de dégâts sur l'environnement. Des propos jugés "*honteux et indécents*" par beaucoup de politiciens.

Bien sûr, le monde est en deuil. On peut imaginer l'impact de telles théories sur les familles des victimes. Une phase de recueillement et de réserve s'impose. Mais demain ? Et si la collapsologie avait raison ? Et si le 17 novembre ne marquait pas le début de la fin du monde, mais au contraire sa renaissance ?

BOUYGUES TELECOM

ESPACE ABONNÉ, SUIVI CONSO, MESSAGERIE PERSONNELLE

Chère cliente,

Suite à l'incident international du 17 novembre, des perturbations importantes ont été observées sur le réseau Bouygues Telecom. Nos experts techniques font le nécessaire pour les résoudre au plus vite. En dédommagement, nous vous offrons une heure de communication et 50 Go supplémentaires en 4G, valable jusqu'au 30/12. Pour profiter de cette offre, envoyez OUI.

Encore toutes nos excuses pour la gêne occasionnée.

En vous souhaitant une agréable journée.

Daphné, Conseillère Bouygues Telecom

WIKISTRIKE

À QUI PROFITE L'HOLOCAUSTE CLIMATIQUE ?

Le 17 novembre est à marquer d'une pierre blanche. Des gens sont morts, par millions. Parmi eux, beaucoup de politiques. Ils représenteraient même 0,4 % des victimes.

Comment justifier une telle proportion ?

On sait que les gouvernements ne reculent devant rien pour étendre leur domination : contrôle du climat, projet Haarp, tactiques de manipulation mentale à grande échelle, armes bactériologiques. Comment justifier qu'autant de phénomènes météorologiques, pourtant rares, se produisent en même temps, à tous les endroits du globe ? Avons-nous assisté, la nuit du 17 novembre, à la première attaque coordonnée de masse sur la population ? Plusieurs anomalies interrogent. Par exemple, tandis que les dégâts humains et matériels sont colossaux, on reporte que très peu d'animaux ont été tués. Et les scientifiques sont formels : il est statistiquement très improbable qu'un tel nombre de tempêtes se déclenchent simultanément sur la planète.

Les conséquences directes d'une pareille catastrophe sont évidentes : remplacement hâtif des politiciens assassinés, instauration de la loi martiale, restriction des libertés individuelles, désordre qui angoisse les populations et permet la propagande du Nouvel Ordre Mondial.

Une question demeure : comment ont-ils fait ?

Chaque année, le black budget représente des millions de dollars investis dans des projets militaires top secret. Mais orchestrer un tel désastre général semble hors d'atteinte, même pour la CIA ou le FBI. Alors qui ? Qui a aidé les élites à engendrer autant de pertes ?

Les témoignages se multiplient, et ils sont éloquents. Partout où les vents ont frappé, des centaines de milliers de personnes ont pu observer des apparitions d'ovnis.

ESPRIT SPIRITUALITÉ MÉTAPHYSIQUES

LE CRI DE LA NATURE

Les hommes et les femmes sont les enfants de la Terre. Ils appartiennent à cet ensemble à la fois merveilleux, fragile et redoutable. Pour qui sait vivre en harmonie avec l'environnement, notre Gaïa est un paradis. Elle fournit de l'eau, des énergies, toutes sortes de denrées alimentaires, des végétaux qui soignent et guérissent. En échange, elle exige le respect. Respect du vivant, qu'il s'agisse des animaux, des arbres, des plantes ou des insectes. Depuis longtemps, l'humain semble avoir perdu ce lien fondamental qui l'unissait à la nature.

Or afin de perdurer, chaque système s'appuie sur l'homéostasie, soit la capacité à maintenir l'équilibre de son milieu intérieur, quelles que soient les contraintes externes. Ce par divers processus de régulation. Ainsi, un organisme qui ne parvient plus à se réguler sera criblé de maladies. Lorsqu'un virus se loge dans les bronches, on tousse. C'est un réflexe qui vise à nettoyer le corps, revenir à l'état de pleine santé. La planète fonctionne de la même façon. Après une longue période de maladie, il semblerait qu'elle ait tenté de se régénérer.

Même si ces changements sont douloureux, il est bon d'accepter le processus de guérison dans son ensemble, sans opposer de résistances – qui causeraient de nouvelles maladies –, et de se concentrer sur les perspectives de renouveau et de bien-être qu'il dessine.

9GAG

SO, BASICALLY, THE WORLD ALMOST ENDED AND I'M HERE.
SAD THAT IT DIDN'T KILL ME AND THAT I HAVE TO KEEP ON LIVING NOW[5].

189 Comments

Noob1992: The world's end? Ain't nobody got time for that[6].

DonaldTrumpet: What if the Mayan calendar ends in 5105, and we're just holding it upside down[7]?

fuck_off: Not dead either. Survived Covid and now this shit. Guess I'll have to pay back my student loan after all[8].

*

J'ai lu suffisamment de conneries pour la journée.

À chaque fléau c'est pareil.

5. "Donc, fondamentalement, c'était presque la fin du monde et je suis là. Dégoûté que ça ne m'ait pas tué et obligé de continuer à vivre."
6. "La fin du monde ? Personne n'a le temps pour ça."
7. "Et si le calendrier maya se terminait en 5105, mais qu'on le tenait juste à l'envers ?"
8. "Pas mort non plus. J'ai survécu au Covid et maintenant à cette merde. Je suppose que je vais devoir rembourser mon prêt universitaire finalement."

Les réseaux sociaux virent PMU virtuel, les gens experts, ça évangélise, ça éructe son avis à propos de tout, surtout du voisin qui est une merde. On nous ordonne de décrypter des allocutions, diffuser des vidéos, signer des pétitions. Résilience. On nous dicte quoi ressentir, quoi penser, les consignes écrasent les nuques mais on obtempère.

De bons élèves.

J'éteins mon téléphone.

En soupirant je le pose sur la table, à côté de ma camomille et de ma crêpe qui bave une flaque de caramel. Le *Chez Simone* est un des premiers endroits où le courant est revenu. C'est aussi le seul qui était en possession de générateurs. Ils en ont fourni trois à la communauté. Et des bougies. Des tonnes de bougies.

Le plus pénible, ça a été les problèmes de réseaux. Tout a grillé. Internet, téléphone, télévision. Ne restait que la radio. C'était un tel bordel entre les grésillements qu'on n'a pas appris grand-chose *via* ce biais-là. J'ai pu utiliser mon portable au bout de trente-deux heures. Un laps de temps relativement long, quand on le passe à se demander si sa sœur est morte.

Élise est en vie.

Apparemment elle est incapable de tuer/violer/torturer.

Sujet à débattre.

C'était dément ça aussi : dresser les comptes. Au moment où l'info s'est ravivée, dès que les voix se sont superposées. Apprendre la mort de tel homme politique, telle actrice ou tel héritier d'une fortune gigantesque. Des potes de l'université. Des proches. Évidemment, certains monstres de la communauté. Pas tant que ça. Comme quoi, les étiquettes.

– Ça va, *ty kalon* ?

– Oui. Merci Simone.

Véridique, la patronne du *Chez Simone* s'appelle Simone.

Au sein du pub, nul petit vieux décédé à déplorer. Les vents ont fait trembler la toiture, les fondations, puis ils sont repartis en effleurant les chevelures blanches. Ils savaient, Simone et les vieux. Ils savaient ce que Nico s'apprêtait à faire. Ils n'ont pas cherché à l'en empêcher. Déjà parce qu'ils n'en auraient pas eu la force. Ensuite parce qu'ils ne le souhaitaient pas. Ewen a gelé. Ils ont découvert de la glace et des flocons – rouges – dans l'arrière-salle.

Hébétée, j'avale une gorgée de camomille.

Mon esprit me fait l'effet d'une éponge à l'agonie.

Que conclure de tout ça ?

Virgile ne se gourait pas en énonçant qu'on n'était pas dans une série Netflix.

Ici, l'antagoniste n'a pas eu la correction d'être une pourrie complète. On n'a pas eu droit au bel affrontement final, ni au happy end. Zéro Avengers pour voyager dans le passé et sauver les morts. Impossible de se réveiller en prétendant que c'était un simple cauchemar. Pas de baiser torride sous la pluie. Mon nom en microscopique au générique.

Que conclure de tout ça ?

Presque deux milliards de victimes.

Les vivants sanglotent, démolis. Moi j'ai du mal à réprimer des "tant mieux". Presque deux milliards d'individus capables d'horreurs. Ça fait beaucoup. Mais personne ne sait. On les pleure en s'arrachant les cheveux. En redoutant, il faut l'avouer, que les tempêtes n'aient été que l'étincelle initiale. J'ai entendu à la radio qu'en ville, il y avait eu des bousculades à l'entrée des églises. Que le nombre de démissions avait explosé. Le nombre d'admissions en psychiatrie. La délinquance est exponentielle : vandalisme, cambriolages, voitures carbonisées.

Les gens peuvent être dangereux s'ils ont peur.

S'ils n'ont plus rien à perdre.

En tout cas on n'entend pas parler de meurtres, ni de fusillades, ni de violences conjugales, ni d'attentats. Ça aurait pu. Faut croire qu'on se retrouve entre gentils, et que les gentils se contentent d'infractions mineures. De prières ou d'insultes à leurs patrons.

Peut-être que c'est ça, au fond, le happy end.

Je me lève, je cale mes écouteurs sur mes oreilles – du Lil Xan.

Pour la dernière fois, je pousse la porte du *Chez Simone*.

23

AnnenMayKantereit,
Don't You Say a Word

L'A. S. LaVey porte le deuil.

Les murs de roche noire larmoient, les lanternes diffusent une lumière bleutée. Étrange, cette couleur. C'est une question de chaleur de flamme, ou de molécules. Ou peut-être qu'une créature ici a le pouvoir d'influer sur les bougies. Aux lustres flottent des bouquets d'hortensias. Il y en a aussi sur le bar, dans les vases-crânes. D'opulentes boules de pétales indigo ou cyan, qui s'épanouissent comme des cornets de glace. Un rideau pendouille devant la scène. La majorité des banquettes en cuir sont occupées par des monstres prostrés, cafardeux.

Personne ne danse. L'idée de respirer est absurde, alors danser…

J'avale le contenu de mon verre : du Kremmig.

Puis je l'abandonne sur la table.

J'étudie Dylane et Hugo.

Le fantôme est assis, vertical, mains sur les genoux, bottes à plat, slim sans plis, les dentelles de sa chemise en berne. Plusieurs boucles échouent sur son visage, il ne prend pas la peine de les balancer vers l'arrière. Juste, il observe la pièce, les yeux mi-clos. Même ses grains de beauté ont l'air anéantis. La tête de Dylane repose contre l'épaule d'Hugo. Elle a passé les deux bras autour de lui, ses tatouages en aquarelle dans la continuité du jabot. Ce soir, elle n'est pas maquillée. Ses cheveux sont couleur algue. Elle porte un pantalon de pyjama et un caraco orné de poissons. Son regard lunaire est absent. Loin, très loin sous ses paupières.

Abrahel n'est pas revenue.

On a fait des suppositions. Elle doit être à La Nouvelle-Orléans ou en Angleterre – une communauté existe sous le site mégalithique de Stonehenge. Bon, ce sont davantage leurs suppositions que les miennes. À mon humble avis, elle est morte.

Ce matin avant de filer au *Chez Simone*, je les ai aidés à enterrer Liam.

On a improvisé une cérémonie en plein jour. Aucune chance de tomber sur des touristes : suite aux tempêtes, personne ne se risque plus en forêt. Compréhensible. La végétation est sens dessus dessous. C'est un spectacle hallucinant d'ailleurs. Des arbres à l'envers, leurs racines boueuses qui picorent les nuages, des feuillages orange en tapis de sol. Les écureuils courent, paumés, dissimulent leurs noisettes dans les nids des oiseaux.

Hugo a prononcé quelques mots, Dylane a pleuré.

Moi j'ai bloqué sur les détails. L'odeur du lichen, une fourmi, un champignon. Ça m'a évité de songer à la peluche aux vertèbres cassées, là, sous terre. Diversion. Malgré ça je sais. Je penserai à Liam dès que je serai confrontée à un champignon. Ou à une fourmi. Ou à du lichen.

– Qui va diriger la communauté ? Vu que Nico est... ?

Ni Dylane ni Hugo ne me répondent.

Leurs traits sont cireux, inexpressifs. Le masque du chagrin. Chaque créature de *L'A. S. LaVey* en est affublée. Par contagion je le ressens. À quel point on souffre. À quel point c'est douloureux d'être au monde, le contact de l'air, de son propre épiderme ; insupportables.

Qui va diriger la communauté ?

Si je suis parfaitement franche – et un peu méchante – je m'en fous.

Méditer au futur, c'est compliqué quand le présent a la flaccidité d'un chamallow.

En face de nous le rideau se lève.

Au milieu de la scène, un batteur et un guitariste.

Assis au piano, lui.

En angle droit sur son tabouret, pieds nus, jean bleu, débardeur noir.

Ses mains semblent mille fois plus délicates et agiles en calque des touches d'un piano. Il est concentré, les sourcils chiffonnés. Ses lèvres boudent, osent s'entrebâiller.

Don't you say a word
It made me hurt myself[9].

Virgile a survécu.

La tempête ne l'a pas raté, pourtant. J'ai vu sa silhouette projetée contre les murs, pilonnée, tordue. J'ai entendu ses os se fendre. Son sang a giclé sur ma robe. Mais il n'est pas mort.

Selon moi, parce qu'il mérite une seconde chance ; selon lui, parce qu'il est déjà mort. Les sévices, même ceux d'une rafale surnaturelle, ne peuvent pas le tuer. L'amocher au pire, ensuite il cicatrise. Restent des éraflures ce soir, nombreuses à le colorier.

9. "Ne prononce pas le moindre mot
Ça m'a poussé à me faire du mal."

Tant qu'il ne gèle pas, il tient le choc.

Joue du piano.

Chante avec cette voix d'outre-tombe – pardon pour la métaphore.

Virgile y met son cœur tiède, en entier. Ça se voit. Je le vois. Des notes lui font incliner le menton, d'autres lui soutirent des gémissements. Les veines de son cou bleuissent. Parfois il ferme les yeux, parfois un soupir entrecoupe les mots.

Est-ce qu'il fait chaud soudain, est-ce qu'il fait tropical ?

Est-il normal d'avoir envie de sexe, vu les circonstances ?

Oui : on est vivants.

Yesterday, my life was filled with rain
And now the moon came to ease my pain
Don't you say a word, oh[10].

La chanson s'achève.

Quelques créatures applaudissent sans y penser, de nouveaux musiciens prennent la relève. Souple, Virgile bondit de l'estrade et rejoint notre table. Je me lève, je l'étreins.

On est l'affiche du film *Sid & Nancy*.

10. "Hier, ma vie était emplie de pluie
Et maintenant la lune est venue apaiser ma douleur
Ne prononce pas le moindre mot, oh."

Moi contre une colonne, lui efflanqué, fléchi dans ma direction, la jonction des bouches et on ne sait plus ce qu'il y a derrière, autour. Que dalle ni derrière ni autour, juste ce baiser.

J'aime cette habitude qu'il a prise.

Battre des paupières quand je le serre, quand je l'embrasse, ne rouvrir les yeux qu'au bout de longues secondes. Virgile inspire, ses paumes se logent sous mon perfecto, s'installent au niveau de mes flancs. Ce n'est pas uniquement pour me peloter. Il a froid.

– T'es contente ?

– De ? La presque apocalypse ?

– Non. Ça.

Il pivote vers la scène, ses boucles exhalent une traînée de *Bois Farine*.

– Que tu sois sexy au piano ?

– Ouais. T'as enfin ton délire de série débile. Tout est moyen, qui finit moyen. Mais l'amoureux sexy a chanté une sérénade à l'héroïne.

Mon cerveau comptabilise environ soixante-six répliques pas mal. Or le mot "amoureux" les rend peu préhensibles. Je pose la joue contre son torse, je soupire. Besoin de me cacher.

– Qu'est-ce qu'on va faire, maintenant ?

– Toi et moi ?

– Toi. Et moi.

Crucial, la ponctuation. Demandez à mes tatouages. Virgile enroule mes cheveux autour de ses phalanges.

– On va rentrer.

Chaque phrase qu'il prononce me marque. Chaque intonation. J'ignorais qu'on pouvait aimer de cette manière. C'est de ça que l'on parle dans les bouquins ou au cinéma. Mon regard se fixe sur un bouquet d'hortensias. Les pétales deviennent flous, trempés.

– Et après ?

– Tu vas t'excuser auprès de ta sœur. Reprendre la fac. Moi, je ferai semblant de boire du café. Le jeudi tu te pointeras, histoire d'enchaîner les fausses notes sur mon violoncelle.

– Comme si de rien n'était ?

– Comme si de rien n'était.

– Virgile… des tas de gens sont morts, et les monstres… ils vont…

– T'as gardé le paquet de ballons ?

– Ouais.

– Alors ça ira. Je te le promets.

Je ne sais pas encore qu'on quittera la Bretagne demain, ensemble. Qu'une fois sur l'autoroute il glissera une paume sur ma cuisse. Qu'il murmurera : *J'aime ta chaleur au bout de mes doigts*. Qu'on se garera en catastrophe sur la bande d'arrêt d'urgence pour faire l'amour. Je ne sais pas encore qu'il me déposera chez moi, qu'Élise ouvrira la porte, que je me jetterai dans ses bras, qu'il sera, lui, planté derrière nous les mains dans le dos. Que lorsque ma sœur lui adressera un "bonjour" sceptique il l'enlacera à son tour, parce qu'il est empoté, maigre et jamais dans le ton. Je ne sais pas encore qu'on ira voir Mamie au cimetière plus tard. Qu'il s'assiéra sur le granit rose, affectueusement. Qu'il caressera les fleurs mortes, puis qu'il sollicitera une minute seul avec elle pour "se présenter". Je ne sais pas encore que ça me noiera le cœur.

Ce que je sais, cette nuit à *L'A. S. LaVey*, c'est qu'à l'instant où il me lâche et recule d'un pas, son corps laisse une empreinte triste à la surface de ma peau.

– Qu'est-ce que tu fais ?

– Il manque un truc. Pour l'aspect vampire hollywoodien.

Virgile enfouit l'index dans la poche de son jean, fouille.

Voilà, il les a trouvées.

Ses cils disparaissent derrière les lunettes en forme de cœur.

PLAYLIST

Talking Heads, *Psycho Killer*
Dream Wife, *F.U.U.*
Eels, *Fresh Blood*
The Fratellis, *Whistle for the Choir*
Lana Del Rey, *Season of the Witch*
Jimi Hendrix, *All Along the Watchtower*
Rob Zombie, *House of 1 000 Corpses*
Perfume Genius, *Queen*
Billie Eilish, *Wish You Were Gay*
Wednesday 13, *Bad Things*
Howlin' Wolf, *Smokestack Lightning*
Garbage, *#1 Crush*
The Dandy Warhols, *Sleep*
The White Stripes, *In the Cold, Cold Night*
The Cure, *Lullaby*
Jean-Baptiste Lully, *Les Folies d'Espagne*
Black Rebel Motorcycle Club, *Ha Ha High Babe*
The Heavy, *And When I Die*
Lil Xan, *Wake Up*
AnnenMayKantereit, *Don't You Say a Word*

REMERCIEMENTS

À Henning May,
Pour les cils et la voix.

À l'équipe d'Actes Sud junior,
Merci de m'avoir lue, suivie, soutenue.

À Johan Crетté, sa Team Pas Ouf, Enora Pagnoux, Lou Knox, Fanny Millet, Mégane Sinnaeve, Céline Bouju, Jo-Anny Berthelier, Nora Lakehal, Anne-Claire Bougy, Daphné Couvert, Camille Lesquerré, Jeoffrey Cotton.

Vous savez pourquoi ♥

L'AUTRICE

Joanne Richoux est née en 1990 en région parisienne, et a grandi dans un village auvergnat. Après des études de psychologie à Grenoble, elle décide de se consacrer à l'écriture. Entre 2017 et 2019, elle publie trois romans aux éditions Sarbacane : *Marquise* (conte punk), *Les Collisions* (adaptation moderne des *Liaisons dangereuses*), *Toffee Darling* (road-trip dans les États-Unis des sixties). Elle enchaîne avec *Désaccordée* et *Orageuse* chez Gulf Stream Éditeur, deux romans aux allures d'*Alice au pays des merveilles*. En 2020, elle entre au catalogue d'Actes Sud junior avec *PLS*, puis *T'as vrillé* en 2021. Joanne vit actuellement en Bretagne.

Ouvrage réalisé
par l'atelier graphique Actes Sud,
achevé d'imprimer sur Roto-Page
en mai 2021
par l'Imprimerie Floch
à Mayenne
pour le compte
des éditions Actes Sud,
Le Méjan place Nina-Berberova,
13200 arles.

Dépôt légal 1re édition : août 2021
N° impr. : 98493
(Imprimé en France)